魔物の国と裁縫使い

～凍える国の裁縫師、伝説の狼に懐かれる～

今際之キワミ

02

～もくじ～

MAMONO NO KUNI
TO
SAIHOU TSUKAI

Kogoeru Kuni no Saihoushi
Densetsuno Ookami ni Natukareru

プロローグ

魔物の国アスガルに運び込まれたおれは要安静と言うことで、しばらくベッドで寝て過ごすことになった。

おれが収容されているのはアスガル魔王国の首都ビサイド。魔王の住まいである魔王宮近くに立地するアスガル魔騎士団の宿舎の一室。

空き部屋ではなくルフィオの部屋らしい。震天狼《バスターウルフ》のルフィオは金色の大狼と金の尻尾のついた少女という二つの姿を持っている。少女の姿で過ごすための部屋だそうだ。

サヴォーカさんの話によると、ブレン王国を襲った大暴走《ヘル・スタンピード》はサヴォーカさんとロッソ、それと魔騎士団の幹部である七黒集の面々が大氷獣を殲滅したことで停止したらしい。

おれの処遇、今後の氷の森への対応についてはおれの体調が落ち着いた後に話してくれるとのことだった。

「とは言え、何もお知らせしないままでは落ち着かないでありましょう。当方の意向について、簡単にお伝えさせていただくであります。まず、カルロ殿の処遇についてでありますが、我が魔騎士団に裁縫係としてお迎えしたいと考えているであります」

「魔騎士団の裁縫係、ですか」

「はい」

サヴォーカさんは首肯する。

「実は、これまでにお願いしてきた仕事の中にも、魔騎士団の幹部、七黒集にまつわる品がありまして。カルロ殿の技術は、高く評価をされているであります。決議の時にカルロ殿のところにいたルフィオ、棄権の一名を除き全員一致で、カルロ殿をこの国にお迎えしたいということに」

「そうですか……」

「いや？」

おれの足に頭を乗せていたルフィオがこっちを見上げた。

少女の姿だが挙動がどうにも犬っぽい。

「嫌ってわけじゃないんだが……なんだろうな」

言葉にするのが難しかった。

「……少し、怖い。おまえやサヴォーカさん、ロッソのことはわかってるつもりだ。こうして一緒にいるのは好きだし、近くで一緒に暮らしていけたら、楽しいだろうと思う。けど、他の三人だか四人だかが、アスガルっていう国がおれに何を求めてるのか、どこまで期待しているのかがわからない。それが怖い」

「当然のことであります」

サヴォーカさんは微笑んで言った。

「裁縫係のことについては、結論を急ぐ必要はないであります。この国のことや魔騎士団のこと、七黒集のことを知っていただいて、それからお考えになって、決めていただきたいであります。結論は急がないでありますし、急がせないであります。お守りするであります。私とルフィオとで。それと、ロッソ殿も」

ロッソ殿も、と言ったところでサヴォーカさんは部屋の扉の向こうに視線をやった。

部屋の外にいるってことだろうか。

あの赤マントならやりそうな挙動だ。おれのことを気に掛け、守ろうとしてくれているが、それを表に出す素直さがない。

部屋の外を指さしてみると、サヴォーカさんは苦笑気味にうなずいた。

バロメッツたちもヌエヌエと鳴いた。

(ずっと立ってるぜ？)

(素直に入って来りゃいいのによ)

(ダンディズムってやつなんだろうがね)

具体的に何を言っているのかはわからなかったが、ともかくいるとみて間違いないようだ。

「ありがとうございます」

普段より大きめの声を出し、そう礼を言った。

「あたりまえのことであります。カルロ殿は、我々にとって余人に代えがたい方であります」

サヴォーカさんはもう一度、穏やかに微笑んだ。

「ですが、氷の森への対応については、急ぎのご協力をお願いすることになるかと」

「その件でしたら問題はありません。言ってもらえれば今からでも」

アスガル魔王国は今回の大暴走《ヘル・スタンピード》を機会に氷の森を敵対種に認定、介入を決定したらしい。

元はといえばゴメルの統治官ナスカ、その息子の賢士ドルカスたちがやらかしたバカがきっかけとはいえ、氷の森を刺激したという面では大暴走《ヘル・スタンピード》の責任の一端はおれにもある。

できることがあるなら、協力を惜しむつもりはなかった。

「詳細については、今はお話しできないのであります。後日、我々の代表として七黒集第七席『怠惰』兼魔王アルビスよりお話しさせていただくであります」

「……魔王？」

いきなり一番の大物が出てきた。

というか。

「七黒集と魔王が兼任？」

兼任していいようなものなんだろうか。

「はい、アスガルの魔王の代替わりは通常下剋上で行われるものなのでありますが、アルビスの場合私たち七黒集が加勢をしたもので。魔王ではあるものの、力は私たちと同等程度。対等の関係を残す意味で魔騎士団の七黒集に籍を残しているのであります。七黒集においても事実上のリーダーのようなものではありますが」

絶対的な支配者として君臨できるほどの力量差はないということだろうか。

それはいいんだが……七黒集が加勢。

どこかで聞いたような話だ。

「……もしかして、魔王アルビスというのは、少年族《ハーフリング》でしょうか？」

「はい、少年族《ハーフリング》であります」

サヴォーカさんはうなずいた。

「ご存知でありましたか？」

「ミルカーシュ……様がイベル山においでになった時、少年族《ハーフリング》と結婚をしていると仰っていまして」

さんではなく様で呼んだほうがいいだろう。

色々話が見えてきた気がする。

本人曰く、ミルカーシュ様はロッソやルフィオの元上司。

ロッソ曰く、アスガル最強の魔物。

ルフィオ曰く、サヴォーカやロッソを入れ、七対一でようやく勝負になる相手。

戦いの理由はプロポーズで、今は少年族《ハーフリング》の夫がいる。

総合して考えると。

「先代の魔王、だったんでしょうか、ミルカーシュ様は」

「はい」

サヴォーカさんは首肯する。

「現魔王アルビスと婚姻をかけた決闘をし、今は魔王妃であらせられます」

七黒集と現魔王が兼任、下剋上で追い落とされた先代魔王が健在で、今は魔王妃の座についている。

アスガルというのは、思っていたよりややこしい国のようだ。


アスガル魔王国は多種族国家だ。食文化も生肉文化や虫食文化、腐食文化など、恐ろしげなものが珍しくないが、オークやドワーフ、少年族《ハーフリング》などの食文化は人間のそれに近い。

ムーサさんという「わよ口調」で話すオークの美青年が届けてくれたオートミールは違和感なく食べられた。

昔、養父ホレイショに喰わせてもらったものにどこか似ていた。

「ご馳走様でした」

「お口に合ったかしら」

ムーサさんは笑顔で言った。

身長三メートル、緑色の肌に端正な顔立ち。すらりとした体つきで、髪を長く伸ばしている。

ルフィオからの事前情報がなければ、男女の判断に苦労させられただろう。

「はい、昔、似たものを食べた気がします」

「良かった。彼が喜ぶわ」

彼？

ムーサさんも一応彼だが、そういうことではあるまい。

たぶん、あの赤マントのことだ。

ホレイショのことを記憶しているはずだ。

「彼、ですか」

「ええ、実際に作ったのは私だけれど。こういうものを作れってレシピを押しつけていったわ」

正解らしい。

「そういうことをする前に、顔を見せて欲しいんですけれどね」

まだ顔を見ていない。おれが目覚めて安心したのか、今は部屋の外からも姿を消しているようだ。

「そうね」

ムーサさんは微笑んだ。

「私からも言っておくわ。でも、少し時間をあげて。彼は、いろいろこじらせて長いから、一気に素直にはなるのは難しいと思うの」

「わかりました」

まぁ、今くらいの距離感がロッソらしいような気もする。

急に素直になられても、こっちのほうも戸惑いそうだ。

「ところで、ムーサさんも七黒集なんですか？」

ルフィオやサヴォーカさん、ロッソと対等の関係のようだ。

「ええ、七黒集第一席『傲慢』のムーサ、よろしくね」

ムーサさんはあっさりそう言い、甘い匂いのする粉薬のようなものをポットに入れた。

「この薬湯を飲んでおいて頂戴。飲んだら眠くなるはずだから、そのまま眠ってしまって。起きたらまたルフィオがくっついてると思うけど、対策はしておくわ」

「……くっついてるのが前提なんでしょうか」

くっつけておかないという選択肢はないのだろうか。

「もう少し、魔力供給が必要なのよ」

ムーサさんは苦笑するように言った。

「私やサヴォーカが添い寝をするわけにもいかないしね。私はそもそも魔力のないほうだし」

「そうですか」

サヴォーカさんには風化体質がある。事故の危険を考えると無理だろうし、体質の問題がなくても添い寝を頼めるような相手じゃない。

ルフィオに頼むしかなさそうだ。

薬湯を飲み、少し話をしていると、間もなく眠気が来た。

「ねる？」

おれの足に上体を乗せていたルフィオがおれを見上げる。

「……そうだな」

結構効きのいい薬らしい、あくび交じりにうなずいた。

「ん」

尻尾を揺らしたルフィオは、するりと布団の中に入り込み、おれの体に抱きついて来た。

衣服越しでも刺激的な感触だが、今回は薬湯の効きのほうが強かったようだ。

そのまま、ふっと眠りに落ちた。


目を覚ますと、やっぱりルフィオは裸になっていた。

ついでにバロメッツたちが体のあちこちにくっついている。

(グッドモーニング)

「おまえらもか」

バロメッツたちをひっぺがし、今回も体をロックしているルフィオに視線を向ける。

どうしたものかと考えていると、

「カルロ殿」

横からそんな声がした。

サヴォーカさんの声だが、ドアが開く音がしなかった。

怪訝に思いつつ視線を向けると、サヴォーカさんは部屋の中にいた。

眠り込む前にはなかった寝台が運び込まれている。

前にサヴォーカさんの依頼で作った吸血羊のシーツが張られていて、サヴォーカさんはその上にいた。

　ムーサさんが言っていたルフィオ対策というのはサヴォーカさんのことだったようだ……って、ちょっと待て。

　おれの知ってるサヴォーカさんじゃないというか……服を着てない。

　ルフィオと同様、上から下まで素裸だった。

　肩や腕、綺麗な曲線を描く胸や腹部、太もも、つま先まで、何も身につけていない。

　ルフィオの裸は見慣れてしまったが、普段は首筋さえ見せないサヴォーカさんとなると意味合いが全く違う。

「どうかなさったでありますか？」

　硬直したおれの反応の意味がわからなかったようだ。サヴォーカさんは不思議そうな表情を見せた。

「い、いえ、その……服は？」

　どうにかそう答える。

「……服？」

　サヴォーカさんは怪訝そうに視線を下ろす。

　数秒後。

　サヴォーカさんはおれと同じように硬直し、顔を青ざめさせた。

「し、失礼したであります！　お見苦しいものを！」

「い、いえ、見苦しくはありませんが、とにかく服を！」

お互い大混乱で言葉をかわし、視線を外す。

「しょ、少々そのままでお願いしたいであります。すぐに服を着てしまうであります」

しばらく衣擦れの音がしたあと。

「お待たせしたであります」

と声がした。

視線を戻すと、サヴォーカさんはいつもの軍服姿で立っていた。

「このたびは大変なお目汚しを……」

「い、いえ、お気遣いなく」

お目汚しどころか、当分忘れられないんじゃないかってくらい、綺麗な身体だった。

衣装の採寸をしているからわかっているつもりだったが、実際に目の前にしてみると、やはり魔性なのだと納得せざるを得ないほど、完璧なスタイルだった。

触れたものを風化させてしまうことを除けば狼になったりマントが本体だったりといった、はっきりした魔物要素がないのがサヴォーカさんなんだが、裸を見たことで、かえって「魔物」という実感を得たようにも思えた。

人間の身体じゃ、到底成立しようのない美しさだった。

ルフィオの身体も同レベルっていえば同レベルなんだが、さすがに見過ぎて眼が慣れている。

とりあえずまた、サヴォーカさんにルフィオの腕を剥がしてもらう。

今回ルフィオは眼を覚まさなかった。

魔力欠乏症で意識を失ったままのおれを心配しながら眠り込むのと、意識を取り戻したおれに念のため魔力を注ぎながら眠るのでは、安眠具合が違うのかもしれない。

ベッドを出たおれに、サヴォーカさんはお茶を入れてくれた。

「先ほどはとんだ粗相を。カルロ殿がまたルフィオに捕まってしまうとまずいということで、ベッドを運びこんでいたのでありますが、私も寝床では裸になってしまうもので」

「そういうものなんでしょうか、アスガルでは」

「いいえ、単なる貧乏性であります。私の身体に合う肌着や寝具は貴重でありますので、就寝中に痛めたくないというだけのことで」

気恥ずかしそうに言って、サヴォーカさんはお茶のカップを口元に運んだ。

その様子を見て、ふと気になった。

だが、質問していいようなことかわからない。

どうしたものか決めかねていると、

「どうかなさったでありますか？」

サヴォーカさんは怪訝そうに言った。

「ああ、いえ……」

聞かずに流そうと思ったんだが、悟られてしまったようだ。サヴォーカさんは微笑する。

「……食べ物が風化していないこと、でありますか？」

見抜かれたようだ。

少しばつの悪い気分になりながら「はい」とうなずいた。

「死と風化の力は皮膚を通してのみ発現するのであります。唇や舌などの粘膜、歯や爪、髪などであれば、触れても風化を起こすことはないのであります」

「そうですか」

粘膜と聞いて妙なことを考えてしまったが、どうにか頭から追いやった。

「ですので、食事に関しては特に不自由はないのであります。逆に詩人がたまにいうような死神の口づけ、などというものには意味はないのであります。口づけだけであれば無害であります」

そこまで言ったあと、サヴォーカさんはふと、我に返ったような表情になり「し、失礼したであります」と言った。

「……く、口づけがどうこうという話には、深い意味はないであります……」

深い意味とはどういう意味なんだ、という疑問が湧いたが、聞くとこの妙な空気がますますおかしくなりそうだ。

やめておくことにした。

しかし、どうにも間が持たない。

サヴォーカさんの耳が赤くなっているのがわかった。

ルフィオは起きてきそうにないので、手近にいたバロメッツを手に乗せて弄ぶ。

(おれたちは場つなぎの道具じゃないぜ？　総司令《コマンダー》)

なんかわかった風なこと言ってそうだなこいつ。

少し落ち着いて来たようだ。サヴォーカさんは穏やかに言った。

「バロメッツたちは黒綿花の種を抱えているであります。良い場所を選んで植えれば、以前の大きさに戻るであります」

「良い場所、ですか」

そう言われても、どこがこいつらにとって良い場所で、どこが植えて良い場所なんだろうか。

「以前ご案内するとお約束したホレイショ殿の店の近くが良いと思うであります。ホレイショ殿を慕った樹木や魔獣などが集まっていた場所であります」

「樹木が集まる？」

「もちろんアスガルの特殊な動植物でありますが。カルロ殿の黒綿花やバロメッツのようなものが、ホレイショ殿の威徳を慕い、勝手にやってくると思っていただければわかりやすいかと」

部屋の中のバロメッツたちを改めて眺める。

こういう感じか。

ちょっとはイメージが浮かんだ気がする。

合っているかどうかはわからないが。

「それほどまでの存在だったんでしょうか、自分の養父は」

「はい」

サヴォーカさんはうなずいた。

「織維の声を聞く者、織維に愛されし者。ホレイショ殿のパトロンだった白猿侯《ハヌマーン・マーキス》スパーダは、戯れに彼を三候になぞらえて、こう呼んだそうであります。繊維侯《ファイバー・マーキス》と」

繊維侯《ファイバー・マーキス》。

戯れや冗談にしても大層な二つ名だ。

一体何だったんだおれの養父は。


やがてルフィオも眼を覚ました。

しばらくおれにじゃれついた後「なにか食べてくる」と言って大狼の姿で狩りに出ていった。

スルド村に居た頃、捕まえた鳥や猪などを持ってきたことはあったが、ルフィオはおれを狩りには誘わない。危険なところに連れていくことはないと考えているようだ。

サヴォーカさんと二人で食事を取ると、ロッソが大きな鞄を持ってやってきた。

「昨日はありがとう」

食事のことや部屋の外についていてくれたことに礼を言うと、ロッソはいつものように鼻を鳴らした。

「礼なら他の連中に言え」

かわいげのない返事だが、気にしないことにした。

「その鞄は?」

「午後から魔王アルビス、他の七黒集のメンバーと顔合わせをしてもらう。おまえの処遇と氷の森への対応について話をする。白猿侯《ハヌマーン・マーキス》スパーダの邸宅から衣装を見繕ってきた。面会の前に身支度を調えておけ。サイズが完全に合うものはないが、おまえなら調整できるはずだ」

開拓地で着ていたような服装ではまずいということだろう。

今日はサヴォーカさん、ルフィオは仕事だそうだ。逆に休みだというロッソの助言を受けながら鞄に入っていたスーツを直す。

元は白猿侯《ハヌマーン・マーキス》スパーダに仕えていた執事の衣装だったらしい。人間ではなく獣人用、肩幅が広くて腕が太く、パンツに尻尾の穴が開いていたりするのをなんとか調整する。

（連れて行け）と言うように騒ぐバロメッツたちをスカーフやハンカチ、手袋などに変えて身につけた。

いわゆる使い魔や眷属などは持ち込み自由。「バロメッツ程度であれば連れていようといまいと大差はない」そうだ。姿を消した状態で連れ歩くのはマナー的によろしくないようだが、それさえ守れば大丈夫らしい。

（なめられたものだな）

肩の上に一匹残したリーダーが妙にハードボイルドな鳴き声をあげていた。

そして、面会の時間がやってきた。

ドアがノックされ、「時間であります」と声がする。

ロッソが扉を開けると黒騎士風の装束を身につけたサヴォーカさんが立っていた。

サヴォーカさんとロッソの先導で部屋を出ると、広い廊下に赤い魔法陣のようなものが描かれていた。

「会見場まで直接転送させていただくであります。どうぞ真ん中へ」

魔法陣の真ん中に足を踏み入れると視界がゆらぎ、景色が変わった。

半球型の屋根を備えた広大なホール。大狼状態のルフィオが走り回れそうな大きさがある。

魔王宮の謁見の間ではなく、魔騎士団七黒集の会議場である円卓の間だそうだ。

『怠惰』のアルビスが魔王を兼任しているので話がややこしいが、今回は魔王との会見ではなく魔騎士団七黒集との会見になるので会見場は魔騎士団の円卓の間となるらしい。

広間の中心に置かれた円卓の上には、一人の男がたたずんでいた。

なんだ？

円卓の椅子の上、ではない。

その男は、円卓そのもののど真ん中に立っている。

両腕を天井に向けて突き出し、左の肘を右手で掴むポーズを決めていた。

長い金髪に長身、裸の上半身にレザーのコートを羽織り、下半身はやはりレザーのパンツにブーツ、さらにレザーの目隠しをつけた細身の美形。

なんというか、尋常でない怪人感の持ち主だった。

目隠しをしているが、おれのことは認識できているようだ。謎ポーズを解いた怪人は胸に手を当て、やけに洗練された動作で一礼した。

「ようこそおいでくださいました。私《わたくし》は七黒集第五席『姦淫』のD《ディー》。どうかお見知りおきを」

「……カルロと申します。お目にかかれて光栄です」

やっぱり怪人感が半端じゃない。

だいぶ引き気味に返事をすると、斜め後ろから苦々しげな男の声が飛んできた。

「初対面の相手を無意味に混乱させるな」

「こちらであります、カルロ殿」

サヴォーカさんが後ろを示す。

その視線を追うと、ルフィオとムーサさん、それと初めて会う少年が二人居た。

一人は十歳前後。金色の髪の少年だ。貴族風の衣装を身につけ、首に蝶ネクタイをつけている。

以前にミルカーシュさんに頼まれた蝶ネクタイだった。

もうひとりは十八歳くらい。黒髪に陽気そうな雰囲気を持つ少年だ。

この場では一番異形感がある存在だった。

身体のあちこちが銀色の金属で出来ている。右目のあたりに銀の仮面をつけているように見えたが、そこも最初から金属でできているようだった。

四人とも窓の近くに置かれた円卓とは別のテーブルについている。

会食用のテーブルなんだろう。ティーセットや茶菓子が並んでいるのが見て取れた。

金髪の少年が立ち上がる。

「よく来てくれたな。古着屋カルロ。俺の名はアルビス。七黒集第七席『怠惰』、このアスガル魔王国の魔王でもある」

見た目とは裏腹に渋い声。三十代くらいに聞こえた。少年族《ハーフリング》というのはそういうものらしい。人間でいうと十歳くらいの容姿のまま老化しないが、声変わりはするのだそうだ。

「はじめてお目に掛かります。魔王アルビス陛下」

謁見の間ではないので平伏はしなくていいと言われているが、やはりそれなりの礼儀は必要だろう。深くお辞儀をしようとすると、「そこまででいい」と止められた。

「魔王という肩書きはあるが、ここでは他の連中と同じ七黒集の一人に過ぎん。ランダル」

「おっといけね」

パンのようなものをかじっていた黒髪の少年が立ちあがり、歩み寄ってきた。

「オレっちは『憤怒』のランダル。よろしくな」

ランダルは明るい笑顔で握手を求めてきた。

「よろしくお願いします」

「ですますで話さなくていいぜ？　別に部下とか上司とかじゃねぇし」

「わかった」

合わせたほうがいいだろう。

「座ってくれ」

「こっち」

ルフィオが空いていた椅子におれを引っ張っていく。

真正面にはアルビス、おれの左右はムーサさんとルフィオ。アルビスの左右はサヴォーカさんとロッソ。テーブルの左右にランダルとD《ディー》という配置になった。

「はい、どうぞ」

ムーサさんがおれにお茶を注いでくれた。

「はじめるか」

アルビスは改めておれを見た。

「サヴォーカたちから話はいっているはずだが、今日はおまえの処遇について、それと氷の森への対応についての話をしたい」

「はい」

「と言っても、処遇の話についてはサヴォーカを通して伝えた通りだ。我々は、おまえをアスガル魔騎士団付きの裁縫師、裁縫係として迎え入れたい。仕事は俺たち七黒集、それと魔王宮に関わる縫製作業の内、特殊性の高いものを任せたいと思っている。具体的に言うとサヴォーカのための衣装作りのようなことが主な業務になる。逆に一般的な仕立屋や針子にできる仕事を任せることは少ないだろう。魔王宮付きの裁縫師や針子の領分に食い込むことになると、いらぬもめ事の種になる」

「嫌がらせを受ける？」

「いや、決闘を申し込まれる」

そういう国だったな、そういえば。

武力主義とか喧嘩主義とか言われる国だ。

嫌がらせの前にドンパチがはじまるらしい。

「代理の決闘士を立てることはできる。ルフィオやサヴォーカ、ロッソが居る以上、そう無茶をする者はいないだろうが、いらぬ紛争をすることもない」

「はい」

「給与や休暇などは魔騎士団の上級騎士と同待遇。細かいことはあとでムーサに聞くといいが、労働時間は原則週休二日半。初年度の有給は年二十日」

出たなユーキュー。

人間の世界にはない概念だから、どうもよくわからない。

というか。

「ゲンソクシューキューフツカハンというのは？」

「勤務日数は週五日、内四日は八時間労働。残り一日は四時間労働ということだ。残業代は一応出すが基本的にはさせせん。忌引などは有給とは別扱いだ」

ふむ。

ユーキュー。

ゲンソクシューキューフツカハン。

ハチジカンロウドウ。

ヨジカンロウドウ。

ザンギョーダイ。

キビキ。

……？

どういう話をされているのか、わからなくなってきた。

混乱しているのがわかったようだ。アルビスは「この場で理解はしなくていい」と言った。

「我々の労働文化と、人間の労働文化は大分違っているからな。口で言われてすぐに理解することは難しいだろう」

「申し訳ありません」

「いや、細かいことを一気に話しすぎた。先に、氷の森の話をするべきだったかも知れんな」

そう言ったアルビスは、改めておれの目を見て告げた。

「おまえに仕事を頼みたい。氷の森を止め、タバール大陸の文明と生態系を護るために」

第一章　新生活と氷の繊維

円卓の間での顔合わせからおよそ一時間後。

おれはアルビスの転移魔法でルフィオ、サヴォーカさん、ロッソ、ランダルと一緒にタバール大陸南部、キリカラ山脈にある『半分の月』に足を運んでいた。

氷の森は空の向こうから来た異星体の船『半分の月』の環境改造機能によって生み出された。

『半分の月』から緊急停止コードというものを送ることで氷の森の活動を停止させられる。

だがそれには『半分の月』と氷の森をつなぐための『線』が必要となる。

『線』は氷霊樹の根から延びている綿状の繊維で出来ているようだが、具体的にどうやって作れば良いのかはわからない。

なので、ホレイショの裁縫術を受け継いでいるおれに氷霊樹の繊維を調べ、氷の森と『半分の月』をつなぐ『線』を作って欲しい、というのがアルビスからの依頼だった。

途方もない大仕事が転がり込んできたものだが、断る理由はなかった。

うまくいけばタバール大陸は救われる。

ブレン王国は良い国とは言えなかったが、ルルやエルバ、ウェンディ、クロウ将軍たちの未来が拓

ける と思えば、やる価値はある。

とはいったものの、異星体とか『半分の月』とか口で説明されてもイメージが浮かばない。

現地で現物を見ながら話したほうがわかりやすいだろうということで、アルビスの魔法で飛んできた。

ムーサさんとD《ディー》はビサイドに残っている。

案内、説明役のランダルは、おれたちにガラスの棺のようなものに入った氷人と呼ばれる異星体の姿を見せたあと『半分の月』の外壁に開いた穴の前に連れて行った。

他の穴のように風化で開いたものではなく、はじめからそういう構造のもののようだ。

直径一メートル程度、下半分はガラスや氷に似た奇妙な繊維で埋まっている。

『線』はここから氷の森に向かって延びてた。ここに『線』をつないで氷の森の地中にある繊維網《ネットワーク》につないでやることができれば、氷の森に緊急停止コードを送って動きを止めることができる」

ランダルは言った。

「これは、『線』の一部なのか?」

穴の中の繊維を指さして訊ねる。

「そうらしい。氷霊樹の植物繊維と同じ組成の生物繊維だ。光と電気の伝達効率がいい。氷の森はこの繊維を地下に張り巡らせることで情報をやり取りし、森全体で一つの生き物みたいに機能してる。で、つなぐ先なんだが」

ランダルは『半分の月』を覆うようにそびえる大氷霊樹の根の一本に手を触れた。

「ここだ。この下に大氷霊樹と森をつなぐ繊維が走ってる」

距離でいうと五十メートルくらい。

それはいいんだが。

「触って大丈夫なのか？　大氷霊樹《それ》」

何故氷の森が攻撃してこないのかわからない状況だ。ゴメルのあたりでこんなことをしていたら今頃氷獣に完全包囲されているだろう。

氷の森の心臓部のはずなのに、偵察の氷獣さえ現れない。

「なんか平気らしい」

ランダルは大氷霊樹を見上げて言った。

「ていうか、見てねぇっぽい？」

「見てない？」

「ここには注意を向けないようにしているのかも知れん」

アルビスが言った。

「今の氷の森には存在意義がない。氷の森は自身の繁栄のためではなく『半分の月』の異星体のためにタバール大陸を凍結させようとしている。だが実際には『半分の月』の異星体は全滅している。それ故に氷の森は中枢部でありながら『半分の月』や、その周辺の状況に意識を向けることができないのだろう。意識を向ければ、現実を認識せざるを得なくなる」

「存在意義がないまま暴走している？」

「俺の仮説だがな」

「それっぽいけどな」

ランダルは軽い調子で言った。

「我々アスガルが介入を決断したのもこのためだ。人間と異星体の生存競争であるならばいざ知らず、戦略的な意味もなく、タバールの生態系や文明を破壊し尽くそうとしているのならば放置はできん」

「異星体が生き残っていたなら、介入はしなかったということでしょうか？」

「その場合は人間と異星体の戦いだ。直接こちらに手を出して来ない限りは他人の喧嘩に過ぎん」

他人の喧嘩に手は出さない、というのがアスガルの基本ルールらしい。

喧嘩主義国家なんて二つ名もあるそうだ。

改めて、『半分の月』を見上げる。

「最初の頃は、生きてる異星体がいたんでしょうか？」

「そうだろうな」

ランダルが応じた。

「最初から全滅してたらさすがに始めねぇだろ。で、やれそうかい？」

「わからない。検討材料として氷霊樹の繊維が欲しいが、確保できるか？」

「もうしてあるぜ」

ランダルはニカっと笑った。

「南のほうで百本引き抜いてビサイドに転送してある」

用意がいいというか、氷の森に対する恐怖感とか禁忌感みたいなものは全くないようだ。

◯◯◯

カルロと魔物たちがキリカラ山脈で氷の森を止める方策を話していた頃。

ブレン王国の王宮に召喚されたクロウ将軍は、氷の森の大暴走《ヘル・スタンピード》についての報告を行っていた。

「死亡者はゴメルでは二名。街外れに住まう老夫婦が寒波に飲まれて死亡しています。イベル山付近は冠雪していますが、氷の森そのものの前進は確認できませんでした」

死者は出たが、少ない被害と言っていい。

あのまま暴走が本格化していれば、ブレン王国そのものが凍結していただろう。

「ブラードン殿下の仰っていた震天狼《バスターウルフ》と思われる大狼をゴメルの市民や私の部下たちが目撃しています。大暴走《ヘル・スタンピード》の停止は、この魔物の介入によるものかと思われます」

カルロ、それとトラッシュのことは、あえて報告しないことにした。

魔物と関わりを持つ若者。

父であるブレン王ギラービン、異母弟であるブラードン王太子が不気味に思うタイプの相手だろう。

下手に話すと、余計な手出しをしかねない。

「大暴走《ヘル・スタンピード》の原因は、何だと考える?」

玉座の側に立つ王太子ブラードンがクロウ将軍に問いかけた。

「イベル山の開拓事業が、氷の森を刺激したのでしょう」

「では、責任はクロウ将軍にあるということになる」

ブラードンは間髪いれずにそう告げた。

「将軍が速やかに撤収作業を進めていたならば、今回の暴走未遂は発生しなかった」

――やっぱりそう来るか。

イベル山の開拓事業がブラードン王太子の肝いりであることは周知の事実だ。氷の森の暴走となると、ブレン一国の問題では済まない。近隣諸国からの批判をかわすために適当な首が必要なのだろう。

「この者を獄につなげ!」

ブラードンの号令に応じ、謁見の間に親衛隊の兵たちが突入してくる。

「お手向かいなさらぬよう」

親衛隊長のデンゼルが重々しい調子で告げる。

「わかってる。好きにしてくれ」

クロウ将軍は素直に両手を挙げた。

「失礼」

「縛るくらいならいい。遠慮なくやってくれ」

兵たちに縛りあげられながら、クロウ将軍は父ギラービン、異母弟ブラードンを再度見た。

何か気の利いたことでも言っていこうかと思ったが。

――やめとくか。

何か言ったところで、届くとは思えなかった。

王宮を出されたクロウ将軍は、囚人護送用の馬車に乗せられた。

「申し訳ありません、将軍」

馬車の外の親衛隊長デンゼルが、クロウ将軍にだけ届く距離で告げた。

「これでいいさ、今は」

そう応えて、クロウ将軍は口を閉ざした。

今のところは、予測した通りの推移だ。

王宮にやってくる前に、妻子は実家に帰してある。

――多少は予想を裏切って欲しかったがね。

縛られた格好のまま、クロウ将軍はあくびを漏らした。


キリカラ山脈から戻ったおれは、続いてビサイドの郊外へと連れて行かれた。

エルフやオーク、コボルトやミノタウロスなどが刈り入れ作業にいそしむ長閑な農園地帯。そのただ中に、いわゆる根巻きをされた氷霊樹のサンプルがまとめて立っていた。

なんというか、衝撃的な光景だった。

氷霊樹が植木市みたいな扱いだ。

近くには森が広がっていて、年季の入った屋敷が一つある。

「こいつだ」

氷霊樹の前に出たランダルは根巻きの蘖をずらして手を入れ、透明な綿状の繊維を引き出した。

「こういう繊維が根っこから出てる。氷霊樹はこいつで情報のやりとりをしてる。こいつを上手く利用できれば『線』をつなぎ直せるはずなんだが」

そう言いながら、ランダルは繊維を握り込む。

繊維は音もなく、粉になって崩れ落ちた。

「そんなに脆いのか？」

「土から出すと一気に脆くなる。オレっちも分析はしてるが、今のところ対処法はわかってねぇ」

「わかった。やってみよう」

どうすればいいのかは今のところさっぱりだが、ともかくやってみるしかないだろう。

「作業はここでやればいいのか？」

風を防ぐテントくらいは欲しいところだが。

「あの建物を使え」

近くの屋敷を指し示し、ロッソが言った。

「仕立屋リザードテイル。ホレイショがやっていた店だが、今は空き家になっている」

ロッソの先導を受け、養父の店、仕立屋リザードテイルへと足を運んだ。

奥にある白猿侯《ハヌマーン・マーキス》スパーダの屋敷の別館を改築したものらしく、店と言うより貴族の屋敷みたいな建物だ。

大型の魔物の出入りがあるためか、天井が高く扉が大きい。面積としてはゴメルの統治官の館と同等か、それ以上にありそうだ。

中は綺麗に掃除され、整頓をされていた。

「手入れは誰が？」

「掃除と手入れを任せているやつがいる。蜘蛛は平気か？」

そう言いながら、ロッソは屋敷の天井のほうに目を向けた。

「ハエトリグモくらいなら」

「慣れろ」

ハエトリグモよりデカいのを見せるつもりのようだ。

魔物の国だし蜘蛛女《アラクネ》とかだろうか。

ロッソは天井に目を向けたまま「エルロイ」と声を上げた。

天井板が外れ、一匹のでかい蜘蛛が顔を出した。

「来てたのかい」

しわがれた、老人のような声がした。体長約二メートル。ハエトリグモに似た姿の丸っこい巨大蜘蛛だ。全身が白髪のような毛で覆われている。

（警戒を怠るな）

バロメッツたちに緊張が走る。

「落ち着きな。毛綿のちびども」

巨大蜘蛛がまた声を出す。

「おいぼれでもおまえらみたいな根無しの毛綿にどうこうされるエルロイさまじゃねぇや」

不可視状態のはずだがバロメッツの存在がわかるようだ。

伝法な口調で言った巨大蜘蛛エルロイは天井、壁をするすると駆け下り、おれたちの前にやってきた。

「おまえさんがカルロだな。待ってたぜ。ワシはエルロイ。見ての通りのアラクネだ」

見ての通りと言われても、アラクネって蜘蛛女じゃなかったのか。

声も雰囲気も完全に男で老人だ。

「昔から、向こうの森を根城に商売をやっていてね。ホレイショさんのところにも出入りをさせてもらってたのさ。今はロッソに頼まれて、屋敷の手入れをさせてもらってる。ここにまた人が来てくれて嬉しいよ。何か要るものがあったらワシに声をかけてくれりゃいい。どんなものでも安値で卸させてもらうよ」

商売をしている老人声のアラクネ。

魔物の国らしくなってきた。

そんなことを思っていると、ロッソが言った。

「どんなものでも卸すのは事実だが、安値というのは信じるな。金さえ積めば何でもする種類の商人と思っておけ」

「嫌な言い方をしねぇでくれよ。否定はできんがね」

エルロイはクククと笑った。

「顔合わせとしちゃこんなところかね、天井掃除がまだ終わってないんで、一旦引っ込ませてもらうよ。用があったら窓からでもエルロイと呼びな。森にいりゃあそれで顔を出す」

そう言ったエルロイは、また壁を這い上がって天井裏に戻ると「キキーイ」と声をあげた。

すると天井裏から、別の何かが「キキキ」「キキーイ」と応じた。

「他にもアラクネがいるのか？」

「ううん、キキーモラ」

少女姿のルフィオが首を横に振る。

「キキーモラ？」

「妖精の一種だ。ミルク一杯でよく働く。それをいいことにエルロイがキキーモラを集めて掃除をさせている」

ロッソが補足をしてくれた。

アラクネの商人がミルクで妖精を集めて掃除をさせる。

本当に魔物の国って感じだ。

「あくどい感じか？」

「そこそこにな。極悪と言うほどでもない。金さえ払えば裏切りはせん」

更にロッソに屋敷を案内してもらう。

広い接客室に採寸室。作業部屋には小人用から巨人用、あるいは竜や獣族用と思われる大小様々な形の裁縫人形《トルソー》が並んでいた。

いつホレイショが戻って来てもいいようにしてあったんだろう。針や鋏といった道具類も、綺麗に手入れをされたものが整理されて置いてある。

どれもホレイショが使っていたものらしいが、どういう素材でできたものなのかわからない道具も多い。オリハルコンの針とか鋏とか混じっててもおかしくなさそうだ。

糸や布地の類は使うあてもないのに置いておいても傷むだけなので、特殊なもの以外は処分してしまったそうだ。

居住スペースも広く、寝室や食堂、炊事場、浴場なども完備。

でかいベッドが二つある来客用の寝室まであった。

「わたしはこっちがいい」

来客用のベッドに乗ってルフィオが言った。

寝泊まりするつもりのようだ。

「ここをおまえの作業場兼住居にしようと思うが、問題ないな？」

アルビスが確認してきた。

「はい」

文句をつけるような点はない。

こうしておれの作業場兼宿舎は、養父の店である仕立屋リザードテイルに決まった。

少々建物が大きすぎるきらいはあるが、清掃などはアラクネの商人エルロイに金を払って妖精キキーモラにしてもらう形なので問題ない。

食事については魔騎士団との間に転移用のゲートを設置、当面は魔騎士団の食堂から届けてもらう形で対応。入浴に関しては備え付けの給湯設備を使って自分で沸かす、ということになった。

最後の問題は防犯だ。

ルフィオやサヴォーカさん、ロッソなどがいるとはいえ、四六時中ずっと張り付いていてもらうことはできない。

専任の警備担当ということで、屋敷の周りにバロメッツが持ってきた種をまくことになった。

ネズミサイズに縮んだ身体に持っていた種を、一粒ずつ埋めていく。

（おれはここだ）

（あと一歩、いやもう一歩、よし、そこだ）

（オーライオーライ！）

バロメッツ自身があっちだこっちだヌエーヌエーと騒ぐ声に従って八八粒の種を蒔いていくと、屋敷をぐるりと取り巻くような形になった。

（ここが新しい基地《ベース》か）

（なぁに、やることは変わらねぇさ）

（ちげぇねぇ）

バロメッツたちがまた、ヌェーヌェーと軽口を叩いていた。

翌朝には、八八本の立派な黒綿花が綿毛つきで生えていた。

黒い子羊たちが綿毛の中に潜り込むと、綿毛とひとつになり、また最初と同じ猫くらいの大きさの黒子羊になった。


養父の店リザードテイルを新たな仕事場兼住居に、おれはアスガルから請け負った氷霊樹の繊維の加工法と『線』の製作方法の検討に取りかかった。

ホレイショが仕事をしていたというリザードテイルの作業室には『半分の月』から持ってきた短い金属筒のような構造物を搬入してある。

『半分の月』の穴のところから取り外してきたアダプターという金具だそうだ。

『線』をアダプターの中に突っ込み、アダプターを介して『半分の月』につなぐことで例の緊急停止コードとやらが出せるようになるそうだ。

『半分の月』の調査分析を担当しているランダルの話によると、『線』は氷霊樹の繊維でできた六十四本の『綱』を一本に束ね上げたものらしい。

アダプターの中に一部千切れて残っていた『線』の断片を見ると、一人で五十メートル分も紡いだら発狂しそうな繊維の密度だった。

ルフィオに魔力を回してもらって裁縫術を使うか、バロメッツたちに手伝ってもらう方法を考えたほうが良いだろう。

なんにせよ、まずは糸を作るところから始めるしかない。

『線』にしても『綱』にしても、結局は糸の集まりだ。

ガラスと綿の中間みたいな繊維を吸い込んでしまわないよう、吸血羊の織物で作った気防布《マスク》と手袋を付け、取ってきた氷霊樹の繊維をガラスのケースから出してみる。

まずは普通の綿みたいに紡げないか試してみようとしたんだが。

つまむことさえできない。

土を払うためにとりあげようとしただけで、ぼろぼろと崩れて粉のようになる。

(繊維片の飛散を確認!)

(空気清浄いそげ!)

空気に混じった氷霊樹の繊維をバロメッツたちが体に吸い付けて作業場の外に飛んでいく。

氷霊樹の繊維は氷霊樹の根から延びて、地下を走っているものだ。乾燥がよくないのかと思い、少し濡らしてみたが、繊維は水に触れただけでぼろぼろに崩れた。

予想以上に繊細、脆弱な繊維のようだ。

最初のサンプルはあっと言う間に全滅。

根巻き状態で置いてある氷霊樹から新しい繊維を取ってみる。

取ったばかりの時は名前の通り氷の冷たさを帯びていて、そこそこの強度がある。引っ張っても崩れるようなことはなかったが、十秒もすると柔軟性を失い、ぼろぼろになって崩れてしまう。

氷霊樹から離さなければいいんじゃないかと、あえてちぎり取らずに洗浄、加工をしてみたが、やっぱり途中で劣化して崩れ落ちた。

全く話にならないまま、時間だけが流れる。

昼過ぎには半日仕事だったルフィオがじゃれつきにやって来る。

その少しあと、エルロイがでかい植木鉢を抱えた巨人たちを十人ほど連れて現れた。

氷霊樹を根巻き状態で置いておいて地面に根付いたりするとまずいということで、ロッソが発注していたものだ。百個の巨大植木鉢を並べた巨人たちは、そこに百本の氷霊樹を移す。

氷霊樹の繊維を取れなくなっては意味がないので、土は盛っていない。

「はかどってるかい？」

巨人たちの仕事を監督しつつエルロイが聞いて来た。

休憩がてら大狼姿のルフィオの体に寄りかかって作業を眺めていたおれは「いえ」と応じた。

「手こずっています。触れるとすぐに、ボロボロになって崩れてしまって」

「糊でもぶっかけてみちゃどうだ。用意してやるぜ」

「不純物は混ぜるなと言われていまして」

ランダル曰く、余計な物を混ぜると緊急停止コードの発信に支障が出かねないそうだ。

「そうか。まぁ、必要なものがあればいつでも相談してくれ。なんだって用意してやるぜ」

「うまくいかない？」

今度はルフィオが訊ねてきた。

「今のところな。まぁ、まだ始まったばかりだ。焦るようなところじゃない」

「わたしの魔力、使ってみる？」

ルルの布団作りでやったアレか。

ルルの場合は衰弱しているルルの身体を回復させるためにやったんだが、この場合意味はあるんだろうか。

まぁものは試しだ。

巨大植木鉢に移動した氷霊樹の繊維を引き出し、息を吹きかけるように魔力を込めてもらうと。

「とけた」

「そうなるか」

繊維は溶けて蒸発した。

まぁ、そうなるような気がしなくもなかった。

震天狼《バスターウルフ》は炎と大地の魔物だ。

氷の森を構成する氷霊樹とは相性が悪いんだろう。

その日は結局、上手いやり方を見つけ出すことはできなかった。

ビサイド市街に午後六時の鐘が鳴り響くと業務時間終了。それ以上働いちゃだめらしい。

もう少し粘りたいところだったが、ルフィオにさらわれるような形で、前に行った温泉ガメのところに連れて行かれた。

前回と同じオークの湯宿。

湯浴み着を身につけ、少女姿のルフィオと二人で湯に浸かる。

今回は前回みたいな魔力供給の必要はない。

仕事のことを忘れてぼんやりしていると。

「思い出した」

ルフィオが唐突に呟いた。

「どうかしたか？」

「あの綿の使い方。霜巨人鳥《ヨトウンペンギン》なら知ってるかも」

「霜巨人鳥《ヨトウンペンギン》？」

「極南にいる山みたいに大きいペンギン。冬に冷たい綿を集めて、夏はその中でねてるの。もしかしたら、氷霊樹の綿と同じものかもしれない。ちがっても、似たものだったら、代わりにできるかも」

そう答えたルフィオは尻尾をぴんと立てて湯船から立ち上がった。

湯浴み着の前が盛大にはだけている。

「カルロ、行こう。極南に」

決然とした表情でルフィオは告げた。

「……いや、勘弁してくれ」

極南といえば、世界一寒い場所。

ルフィオはともかく、おれが行ったら凍死間違いなしだ。


直接極南に出向くのは難しいとは言え、ヒントが欲しいのは事実だ。

ルフィオに頼み、霜巨人鳥《ヨトウンペンギン》の冷たい綿とやらを持ってきてもらうことにした。

ルフィオが届けてくれた冷たい綿は、氷霊樹の繊維と同じものだった。

何かの弾みで海流に乗った氷霊樹の種子が極南地域に流れ着き、繁殖していたらしい。

氷の森とつながっていないせいか、氷獣を生み出すような攻撃性は持たず、氷原で育つ特殊な植物として霜巨人鳥《ヨトウンペンギン》などの生き物に利用されているらしい。

だが、この冷たい綿も、おれの手元に届いた時にはぼろぼろに劣化していた。

「霜巨人鳥《ヨトウンペンギン》にもらったときは、ちゃんとしてたんだけど……」

ルフィオはしゅんと尻尾を落として言った。

「土に埋まってたとかじゃないよな？」

氷霊樹の綿は土から出すと劣化する。

「土の中じゃなくて、どうくつの中。極夜の時期にほり出して、どうくつに入れておくの」

極夜？

「極夜ってなんだ？」

「知らない？」

「ああ」

始めて聞く言葉だ。

「お日様が出ない日。極南とか極北だと日の出がおそくなりすぎて、お日様が出てこない時期があって。それを極夜っていうの」

「……そういうことか」

ルフィオの話で、劣化の原因がわかった気がする。

霜巨人鳥《ヨトウンペンギン》は太陽の出ない極夜に氷霊樹の繊維を掘り出し、洞窟内に運び込むことで冷たい綿として利用していた。

だが、ルフィオが霜巨人鳥《ヨトウンペンギン》にもらった冷たい綿は、ぼろぼろに劣化してしまっていた。

つまり、氷霊樹の綿は太陽の光にあたるとすぐに劣化してしまうということだろう。

暗い洞窟から出したことで太陽の光に触れ、劣化した。

夜を待ち、星明かりを頼りに氷霊樹の繊維を掘り出して加工してみると、ガラスみたいに透き通った、綺麗な糸を紡ぐことができた。

（まわせーっ！）

氷霊樹の繊維は日光に当たると急激に劣化する。

そのことさえわかれば、あとはそう難しいことはなかった。

魔騎士団から回してもらった野営用のテントを加工して暗室を作り、そこで作業を進める。

真っ暗では作業にならないので、星明かりに近い光を放つという星光石のランプを使う。

こっちはエルロイから買ったものだ。

エルロイ以外に入手ルートがないということでふっかけられたが、ロッソに相談したら経費で落ち、ついでに「自腹で買おうとするな」と説教された。

人手はないが、羊《バロメッツ》なら八八匹いる。

バロメッツたちにスピンドルや糸車を回してもらい、一人力《いちにんりき》、八八羊力《ひつじりき》で糸作りを進めていく。

作業ペースは悪くないが。

「繊維が足りない」

氷霊樹百本分の繊維じゃ話にならない。

千本分でもだめだろう。

「最低でも五千本分くらい必要だ」

「わかってる。最初のはあくまで実験材料だ。加工のめどがついたなら五千本分でも一万本分でも用意してやるよ」

暗室に顔を出したランダルが右目を青白く光らせて言った。

異星体絡みの案件ということで、本人も異星体であるランダルが主な相談相手になっている。

なんで他の星の奴が魔物の国にいるんだ？　と聞いてみたら「侵略に来て返り討ちに遭った」という返答だった。

撤退時にしんがりとして戦って力尽きた後、先代魔王ミルカーシュ様に気に入られてアスガル入りすることになったそうだ。

最近わかったが、この世界は大体人類《おれたち》の知らないところで転がっているらしい。

ランダルに氷霊樹不足を相談した翌日。

おれはルフィオの背に乗ってタバール大陸の南方に出向くことになった。

同行者は機械の鎧を纏い、あちこちから風と炎を放って飛ぶ異星体《エトランジェ》『憤怒』のランダル、黒い翼を広げて飛ぶ怪人『姦淫』のD《ディー》。

D《ディー》の配下であるサキュバス、インキュバスと言った夢魔族の魔騎士が合計二〇〇。

あとはおれの護衛のバロメッツが八八匹。リーダーはおれの肩、残り八七体は三匹ずつ二九チームに分かれ、大きなフォーメーションを組んで飛んでいる。

目的地はタバール大陸の南端にあるという名もない半島。

海上から接近していくと、前方からカモメに似た氷獣が群れを成して飛んで来るのが見えた。

鳥だから氷鳥って言ったほうがいいだろうか。

おれたちを迎え撃つつもりのようだ。空を埋め尽くすような数だった。

おれがいるのはルフィオの背中の上。バロメッツたちが護衛について、七黒集であるランダルとD《ディー》、さらに夢魔たちの軍勢が同行している。氷獣に遅れを取るような戦力じゃないことはわかってるんだが、それでもやはり、背筋が冷たくなるのを感じた。

「どうする？」

「やっつける」

淡々とした声音で応じるルフィオ。気負った様子もないが、相手をなめているような様子もない。

七黒集としてのルフィオは基本的にこんな感じらしい。他の生き物にじゃれついたりすり寄ったりすることも、先代魔王であり先代上司でもあるミルカーシュ様、それと仲のいいムーサさんなどを除けばあまりないそうだ。

出発前におれがじゃれつかれていると、同行する夢魔たちがざわついていた。

（コットンワンより司令部《ヘッドクォーター》へ、間もなく敵迎撃部隊《インターセプター》と接敵《エンゲージ》する）

（了解した。総司令《コマンダー》、交戦許可を）

肩の上のリーダーがおれの耳元でヌエーと鳴いた。

「バロメッツが戦《や》らせろって言ってる」

「いいぜ、ルフィオの熱線にだけ気をつけてくれ」

ランダルから許可が出た。

「やってくれ」

おれの口からもそう告げると、リーダーは鋭くヌエッと声をあげた。

（コットンリーダーよりバロメッツ全騎に告ぐ。交戦許可が下りた。友軍と連携し敵迎撃者《インターセプター》を殲滅せよ。友軍たちの射線には入るな）

（あいよ）

（おっぱじめますか）

先遣隊のような形で突出していたバロメッツたちが氷鳥の群に襲いかかっていく。

（遅い！）

（まるで七面鳥撃ちだな）

（いただきだ！）

身体から短い糸を針のようにして飛ばし、氷鳥たちを撃ち抜いていくバロメッツたち。

まぁそれはいいんだが。

（発射《ファイア》）

時々鶏の卵みたいな綿の塊を飛ばしているのはなんなんだろうか。

撃ち出されると勝手に標的を追いかけていって爆発、氷鳥を木っ端みじんにしていく。

「なんだあのミサイルみたいなの」

アスガル基準でもおかしな能力のようだ。ランダルが困惑顔で呟いた。

そう言われても、おれにもなんだかわからない。

「さぁ」としか答えようがなかった。

「まぁいいか、オレっちも仕掛けるぜ」

気を取り直すようにそう言って、ランダルは右手を前方にかざした。

その掌が、青く輝く。

小さな稲妻がバチバチと音を立て、ランダルの腕全体を駆け回る。

何をするんだ？　と思ったその瞬間。

閃光が視界を埋め、轟音がおれの耳、いや、全身を打った。

大きすぎる音は、うるさい以上に痛いものらしい。体中に平手で肌を打たれたような痛みを感じた。

「うるさい、危ない、やめて」

ルフィオが抗議の声をあげるのを聞きながら、おれは目を瞬かせる。

視界が戻ったときには、空中の氷鳥たちは半分くらい消し飛んでいた。

雷をまき散らしたようだ。

バロメッツたちが巻き込まれていないか心配になったが、おおむね無事のようだ。

（コットンイレブン！）

（目を回してるぞ！）

（世話の焼けるやつだぜ！）

目を回したのか、墜落しかけているのが一匹いたが、他のバロメッツがカバーに入り、大事には至らなかったようだ。

「悪ぃ、音がデカすぎたな」

「いや、大丈夫だ」

鼓膜が破れたりはしていないし、墜落しかけたバロメッツも戦線に復帰しているようだ。

「何をやったんだ？」

「小さめの雷を二〇四八本飛ばした」

二〇四八。

小さめとはいえデタラメな数だ。

そんな会話の間にも、バロメッツたちは氷鳥たちを撃ち落としていく。さらにD《ディー》の配下の夢魔たちが黒い魔力の矢を放ち、氷鳥たちを葬っていく。

だが、さすがにこれで終わりと言うことはなかった。

（コットンワンより司令部《ヘッドクォーター》へ。第二波が来る。翼幅百メートル超、でかぶつが四羽だ！）

守護氷獣ならぬ守護氷鳥と言ったところだろうか。

横幅百メートルを超す猛禽型の氷鳥が四羽、最初の氷鳥たちの何倍ものスピードで突っ込んでくる。

（チ、速い！）

（くそったれ！　誘導綿《スピットファイア》がきかねぇ！）

バロメッツたちが迎撃に入るが、このサイズの氷獣が相手だとさすがに歯が立たないようだ。

針の攻撃はもちろん、例の爆発する綿も効果がなかった。

夢魔たちの魔力矢なども効き目がないようだ。

「ちゃんと掴まってて」

自分の出番と思ったのだろう。ルフィオが尻尾を立てる。

そこに、D《ディー》が声をかけてきた。

「ここは私にお任せいただけますか。自己紹介にちょうど良い相手のようです」

優雅な調子でそう告げたD《ディー》は手を腰の高さまで上げ、掌を空に向ける。

掌の上に紫色の小箱が四つ、幻のように浮かび上がり、そしてまた幻のようにかき消えた。

「？」

何をしているのかわからない。

目を瞬かせたおれに、ルフィオが「転移した」と教えてくれた。

四つの小箱は空間を越え、四羽の守護氷鳥の前方に分散して飛んでいったようだ。

そしてそこで、びっくり箱みたいにはじけた。

びっくりしたのは主におれとバロメッツたちだったが。

（うわっ！）

（なんだこいつら⁉）

（近づくな！　まっとうな生き物じゃねぇぞ！）

ヌエーッ!?

守護氷鳥を取り巻いていたバロメッツたちが混乱気味に鳴き騒ぐ。

氷鳥たちが相手の時はふてぶてしいくらいだったバロメッツたちを混乱、動揺させたもの。

それは海にいるイソギンチャクを何百倍にも大きくしたような、悪夢じみたサイズの触手の塊だった。

四つの小箱から飛び出した四つの触手の塊は四羽の守護氷鳥をあっと言う間に絡め取る。

守護氷鳥たちはもがき、冷気を放って抵抗する。低温によって周囲の水分が凍り付き、きらきらと輝くのがわかったが、それだけだった。触手たちは黒紫色をした表皮を凍り付かせながらも、守護氷鳥たちを離さない。

ばきばきと音を立てて守護氷鳥を締め上げ、破砕しながら小さくなっていく。

そのまま、守護氷鳥と一緒に虚空に吸い込まれるように消え去った。

「……箱の中に、引っ張り込んだ?」

位置関係としては、最初に触手が出てきた座標に戻る形で姿を消したようだ。

「ええ」

そう応じたD《ディー》の手元に、再び紫の小箱が現れる。

「この小箱の中は、めくるめく触手空間につながっております。氷鳥たちもその中に。引きずり込む際に破砕してしまいましたので、既に機能はしていないかと思いますが」

めくるめく触手空間。

なんだそれ、という疑問が浮かんだが、曖昧に「そうですか」とだけ応じた。

下手に聞かないほうがいいような気がする。

D《ディー》は紫の小箱を消し、妖しげに微笑んだ。

「私は触手術、それと淫魔術を得意としております。触手と性にお悩みがありましたら、いつなりとご相談を」

「触手と性のお悩みって何だよ」

D《ディー》との接し方がわかっていないおれに代わってランダルがそうツッコんでくれた。


守護氷鳥たちが小箱に引きずり込まれたことで、戦いの趨勢は決した。

残った氷鳥たちをバロメッツと夢魔たちが掃討し、再び移動を開始する。

間もなく目的地であるタバール大陸南端の半島上空へ到達した。

空から見ると、頭を切り取ったナスみたいな形をしている。ランダルの話によれば面積はおよそ五千平方キロ。抵抗は無駄と判断したのか、氷鳥や氷獣の類は姿を見せなかった。

半島の付け根の部分にさしかかったところで、ルフィオが地上に降りた。

おれは背中に乗ったまま、バロメッツや他の連中は上空に残っている。

「しっかりつかまって」

そう告げたルフィオは右の前足を地面に強く押しつけた。

右前足全体が白く、強く輝き、熱を帯びはじめる。

大地が揺れ、きしみ始めた。

地震だ。

自然のものではなく、ルフィオが引き起こした大地震。

地震を起こすこと自体は事前に聞いているが、想像を遙かに超える規模だった。

恐ろしい勢いで激しさを増し、天変地異みたいな揺れになっていく。

ここはタバール大陸の南端。人間のいるブレン王国までは二千キロ以上あるからいいが、近かったらこれだけで大災害だろう。

というか、おれ自身が吹っ飛びかけている。

ルフィオの身体にしがみつき、激震をどうにかやり過ごす。

「おしまい」

静かに呟いたルフィオはとんと大地を蹴り、空中に浮き上がる。

その一蹴りで、大地が裂けた。

断末魔のような音と共に地割れが生じ、地表に谷が刻まれていく。

地割れは数秒とかからず半島東西の海岸に達し、半島と大陸とを分断した。

海水が津波のような勢いで流れ込み、新しい海峡を形作っていく。

半島が、島に変わった。

半島に群生する大量の氷霊樹を氷の森から切り離す形で。

半島の付け根に地割れを起こし、氷の森の地下繊維網《ネットワーク》を切断、孤立させた氷霊樹から繊維を集めよう、というのが今回の作戦の眼目である。

最初から「そういうことができる」という前提の元での作戦だが、実際にやられてしまうと唖然とするしかない。

同じことをブレン王国の真ん中でやったら国ごと全滅だろう。

わかっちゃいるつもりだったが、どこまでも滅茶苦茶な生き物だ。

「よし、計算通りだ。D《ディー》、頼む」

「心得ました」

ランダルの言葉に応じて、D《ディー》は再び紫の小箱を出す。

数は六つ。

今度もまた転移をし、どこかに姿を消したかと思うと、島を取り囲む形で山みたいな触手のバケモノが六体現れた。

触手のバケモノは悪夢みたいにくねりながら紫の霧を吐き出し、島を覆っていく。

氷鳥や氷獣などが本土と行き来できないようにする結界だそうだ。

「こんなところでしょう」

「おし、始めるか」

ランダルは黒い鎧のあちこちを変形させ、黒い丸皿のような機械を出した。

『スピーカー』という大きい音を出すための機械らしい。

紫の霧に覆われた島を見下ろし、ランダルは声をあげる。

「氷霊樹たちに告ぐ。我々はアスガル魔騎士団。おまえたちは今、タバール大陸本土から分断され、孤立状態にある。地下の繊維網《ネットワーク》は遮断し、島の周囲は霧の結界で覆ってある。本土から救援が来ることはない。降伏し、我々に協力しろ。我々の望みはおまえたちの根絶にはない。我々の戦力はおまえたちの戦力を遙かに凌駕する。一切の抵抗は無意味であると知れ」

返事はないだろうと思っていたが、白鳥のような姿の氷鳥が一羽だけ姿を見せた。

おれたちの正面まで、ゆっくりと飛んできた氷鳥は落ち着いたトーンの女の声で言った。

「了解した。降伏勧告を受け入れよう」


白鳥の氷鳥の降伏を受けたおれたちは早速島に上陸し、氷霊樹の繊維の採取作業に取りかかった。

主な労働力はD《ディー》の部下である二百人の夢魔たちと、D《ディー》が呼び出したローパーと呼ばれるイソギンチャク風の触手生物たち。

ローパーたちが地面を掘り返して取り上げた繊維を、夢魔たちが運搬用の黒い袋に詰め込んでいく。

その作業の傍らで、おれたちは白鳥の氷鳥と話をした。

白鳥の氷鳥は本土から分断された島の氷霊樹林が新たに作りだした交渉用の個体らしい。

氷鳥そのものが意思を持っているわけではなく、氷霊樹林の意思を伝えるための操り人形のようなものだそうだ。

「理解した。協力しよう」

氷の森に緊急停止コードを送るために、氷霊樹の繊維が必要だという説明を受けた氷鳥はあっさりとそう言った。

「物わかりがいいな」

氷の森は、意思はあるが対話はできない。おれはそう教えられてきた。

こうも物わかりがいいとかえって不気味に思えた。

「生存戦略として、アスガルと事を構えることは得策ではないと判断した。主人《マスター》が死滅した今、これ以上の北上を行う意味もない」

氷鳥はきびきびした口調で言った。

「簡単にお認めになるのですね。ご自身の存在意義が喪われたことを」

D《ディー》が白い歯を光らせて言った。

「おまえたちが我々を繊維網《ネットワーク》から切り離した結果だ。これまで氷の森の一部であった我々は、我々のみで自我を構築しなければならなくなった。その結果、氷の森本体とは思考形態に差異が生じ、氷の森本体が封印していた情報にアクセスできるようになった。我々の主人《マスター》が既に死滅しているという情報にも」

「分断されてるのに情報にアクセスできるのか？」

ランダルが確認する。

「我々は氷の森の記憶情報をバックアップする役割を担っていた。中枢である大氷霊樹に異変が起きたときのため、記憶情報のコピーをここで保存していたのだ。氷の森と統合されていたときは情報を保持はしていても、情報から状況を判断する必要がなかったが、現在はその必要が生じている」

「なるほど」

ランダルはうなずいたが、おれには何の話かよくわからなかった。

「なんの話？」

ルフィオも首を傾げる。

「氷の森からこの島を切り離したことで、氷の森と島の森が別の森になったってことだ。島の森は元々の氷の森とは考え方が違って、氷の森をこれ以上北上させる必要はないって思ってる。オレっちたちと争うのは損だともな。だから、オレっちたちに協力していいと判断した。そういう理解でいいかい？」

ランダルが確認すると、氷島は「問題ない」と応じた。

第二章　泥将軍と王太子

魔物の国アスガルに渡った裁縫師カルロが氷霊樹の糸作りに取り組んでいた頃。

ブレン王国の王太子ブラードンもまた氷の森の大暴走《ヘル・スタンピード》への対応を進めていた。

「クロウ将軍を始めとするイベル山開拓事業の関係者たちをゴメルに集め処刑する。この血をもって、氷の森の怒りを鎮める供物とする。一人たりとも欠けてはならない。既に死亡した者、あるいは行方がわからない者がいた場合には、その親類、縁者を連行せよ」

イベル山の夫役に領民を差し出していた貴族たちはこの通達を受け、イベル山の夫役から戻って来た者たちを拘束しはじめた。

領民の反発は必至の暴挙であったが、下手をすれば今度は自分自身が関係者として生け贄にされかねない。ブラードンの決定に異を唱える者はいなかった。

スルド村からは五人の男が夫役に出ていたが、戻った者は四人。

羊飼いエルバの代役として夫役に行っていたカルロは夫役を終えたきり姿を消し、スルド村に戻っていなかった。

行方がわからない者がいた場合には、その親類、縁者を連行せよ。

スルド村の領主ザンドール男爵の兵たちはカルロに代役を頼んでいた羊飼いエルバを力ずくで拘束し、ゴメルへと連れ去った。

それから数日後。

一人親を連れ去られ、一人家の前にうずくまっていたエルバの娘ルルの前に一人の男が現れた。

黒いフードを被った中年の商人。

タイタス。

カルロがやってきた少し後に現れて、カルロがいなくなってからは来なくなっていた奇妙な男だ。

黒装束に黒手袋。

商人のくせに「あります」という変な語尾で話す。

「風邪を引くでありますよ」

ルルに歩み寄ってきたタイタスは童女の前にしゃがみ込むと、旅行鞄から白いマフラーを取り出し、ルルの首に巻き付けた。

その暖かさは、ルルの知っているものだった。

「これ、カルロ?」

前にカルロが作ってくれた寝具と同じ暖かさを感じた。

「わかってしまうものでありますね」

タイタスは微笑する。

「カルロ殿から預かってきたものであります」

「カルロ、どこ？」

「今は、遠いところに行っているであります。ですが、ルル殿やエルバ殿のことは案じておいでであります」

「おとうさん……」

ルルの目が潤む。

タイタスはその頭に、手袋をした手でそっと触れた。

壊れやすいものに触れるように、ぎこちなく。

「存じているであります。大丈夫でありますよ。遠からず、エルバ殿は戻って来るであります。この国の冬は、間もなく終わるであります」

タバール大陸南端の半島が魔物の襲撃を受け連絡途絶。

大陸本土から地理的に切断された半島は正体不明の紫の霧に覆われ、氷獣による偵察、連絡すらも不可能となっていた。

震天狼《バスターウルフ》を筆頭とするアスガルの魔物たちの仕業であること、アスガルの魔物たちが氷霊樹の繊維を掘り出し、アスガルに搬送していることまでは把握できたが、氷の森にはアスガルの企みを看破することはできなかった。

本来であれば、難しい推論ではない。

しかし、氷の森には致命的な認知の歪みがあった。

自らに環境改造を命じた『半分の月』の氷人たちが死滅しているという現実を、氷の森は認識できていない。

それを認識することを恐れ、拒絶してしまっている。

その結果、うち捨てられ、荒れ果てた『半分の月』の現状を認識することができない。

魔物たちが『半分の月』に入り込み、氷の森の正体を突き止めていることにも気づけない。

故に、ただ恐怖し、活路を求めた。

まともに戦っても勝機はない。

守護氷獣も、大氷獣も、あの魔物たちの前では無力だった。

今回震天狼《バスターウルフ》が引き起こした地震だけでも被害は甚大だ。

震源地を中心に周辺数百キロの地下繊維網《ネットワーク》を引き裂かれ、山崩れや土石流、津波などによって氷霊樹をなぎ倒された。

魔物たちが本格的に侵攻を開始すれば、氷の森は滅びる。

主人《マスター》に与えられた使命を果たせぬまま。

この局面を打開すべく、氷の森は一つの決断を下した。

◎◎◎

「種を飛ばす？」

アスガル魔騎士団本部、円卓の間。

『憤怒』のランダルの報告を受けた『怠惰』のアルビスは眉根を寄せて呟いた。

今日の参加者は第三席『嫉妬』のロッソ、第四席『憤怒』のランダル、第五席『姦淫』のD《ディー》、第六席『暴食』のルフィオ、第七席『怠惰』のアルビスの四者。

オブザーバーとして『線』作り担当の裁縫師カルロが『暴食』ルフィオの椅子に座っている。本来の椅子の主人はカルロの後ろに大狼の姿で陣取っていた。

「島の森の話によると、やらかす可能性が高いらしい」

ランダルは続ける。

「氷霊樹の中にガスをため込んで、爆発させて氷霊樹の種を飛ばす。種は気流に乗って世界中に飛散。新しい氷の森を作り始める。一からやり直しってやつだ」

「タバール大陸を捨てて、か？　『半分の月』を放り出すことになるぞ」

「今の氷の森の行動目的は環境改造を続けることだけだ。『半分の月』を護ることは目的から外れてる。壊れちまってるのさ」

ランダルは肩をすくめる。

「飛散した種がうまく根付く確率は高くないらしいが、面倒くさいことになるのは間違いねぇ。ついでに飛び散った埃が日の光を遮って寒冷化を引き起こす。結局タバールの冬は終わらねぇ。っていうか、世界レベルで気候がヤバいことになる」

「どうにも始末が悪いな」

アルビスは眉間に皺を寄せた。

「対応策は?」

「予定通り緊急停止コードでいけるが『線』の完成を急ぐ必要が出てきた。三週間以内に『線』を完成させて、コードを打ち込みたい」

「間に合わせられるか?」

アルビスはカルロに目を向ける。

カルロの頭の上に、大狼ルフィオの頭がある。

肩の上にはバロメッツ。

——毛綿候《フルッフィ・マーキス》。

そんな言葉が、アルビスの脳裏を横切った。

妙な単語を頭から追い払おうとするアルビスに、カルロは真剣な顔で応じる。

「今のペースでは間に合いません。作業時間を増やして、人手を増やしてもらう必要があります」

「やむを得んな。『線』の完成までに限って残業を許可する。残業時間を記録し申告しろ。D《ディー》、夜間作業に要員を回せるか?」

「ええ、お任せを」

『姦淫』のD《ディー》がカルロに目を向けた。

「夢魔と触手を回しましょう。夜の仕事であればお任せください」

「昼間の作業はムーサにオークたちを出させる。ルフィオ、しばらくカルロについて魔力を回してやれ。それと監視だ。残業はやむを得んが、夜十時から朝六時の間は働かせるな。休憩も取らせろ」

「まかせて」

ルフィオは大きな尻尾をぶんと振った。


大暴走《ヘル・スタンピード》の責任を負わされ、捕縛されたクロウ将軍はゴメルへと移送されていた。

「いい報せだ」

ゴメル統治府前広場で、さらし者として牢に閉じ込められているクロウ将軍に、首都ベルトゥより同行して来た牢番の親衛隊員が告げた。

「要望通り、おまえが最初に処刑されることになった」

「そうか、ありがとう」

牢の中に座り込んだクロウ将軍は飄々と応じた。

「ふん」

大げさに鼻を鳴らした親衛隊員は槍を立て、定位置に戻った。

クロウ将軍は首の骨をぽきりと鳴らし、正面に視線を戻す。

クロウ将軍の牢の外には、見物人の接近を防ぐための柵が設けられている。

その柵の向こうに、覚えのある人影が見えた。

——来てくれたのか。

柵の向こうにいたのは、男性の修道士が身に付ける無骨な法衣を纏った娘だった。

修道女ニムリア。

タバール大陸で広く信仰される聖天教という宗教に帰依し、レイナーという村に暮らす修道女だ。

クロウ将軍がイベル山開拓事業に従事していた時期に知り合い、レイナー村を脅かす吸血鬼グランデル討伐のために協力した相手である。

クロウ将軍がゴメルに連れて来られたことを知って、様子を見に来てくれたのだろう。

柵の向こうにいるのはニムリアひとりで、他に見物人などの姿はない。

クロウ将軍はさらし者の身だ。薄汚れた姿を見られることも刑の一部であるため、見物を差し止められることはないのだが、クロウ将軍はゴメルの善良な市民から人気があった。

ゴメルに出入りする部下や夫役の男たちには乱暴をさせず、大暴走《ヘル・スタンピード》の時には早々に統治府の建物に隠れてしまったゴメルの役人や衛士たちに代わって動き、市民に「建物に入れ」と指示をし続けた。

震天狼《バスターウルフ》が置いていった炎を独占せず、凍える人々を積極的に広場に導き、命を救った。

そうした行動から、クロウ将軍を恩人と慕う者は少なくない。

さすがに将軍を助けようとするような者まではいなかったものの、積極的に見物に行き、クロウ将軍を辱めようとする者もまた少なかった。

柵と牢越しに、ニムリアと目が合った。

痛ましげな表情でクロウ将軍を見つめたニムリアは、無言のまま、ぐっと拳を握りしめる。

——いや、無茶はしないでくれ。

雰囲気はおとなしげなニムリアだが、身に付けているのは聖騎士の法衣と呼ばれる特殊な衣装だ。着用者の魔力と身体能力を本来の数十倍まで引き上げるという物騒な機能を持っている。

聖騎士の法衣が持つ強化能力は本来二倍から三倍程度のものなのだが、ニムリアの法衣については、古着屋カルロというおかしな若者がおかしな素材を使って改修をした結果、全体的におかしな性能を持つようになっていた。

強大な魔力と身体能力を持つ吸血鬼グランデルと一対一で渡り合い、ほぼ完封したほどだ。

広場を警護している親衛隊員程度なら、問題なくたたんでしまえるだろう。

だが、できるかどうかとやっていいかどうかは別の話だ。

そんな真似をすれば、ニムリアもお尋ね者だ。彼女の暮らすレイナー村に累が及ぶことにもなりかねない。

クロウ将軍の計画も、滅茶苦茶になってしまう。

クロウ将軍は首を横に振る。

思い込みの激しい部分のあるニムリアだが、今回は自重してくれるようだ。あがりかけた拳を無念そうに降ろした。

　そのとき、

「なんだ？　男の格好だけど女か？」

　ニムリアの後方から品のない男の声が飛んできた。

　ごろつき風の男たちが広場に入ってきている。

　まっとうなゴメル市民たちからは評判の良いクロウ将軍だが、ごろつき連中からは嫌われている。クロウ将軍自身が何かをしたわけではないが、市街で暴力沙汰を働いていたところを将軍の部下たちが何度か制圧、捕縛していた。

　ゴメルのごろつきたちとゴメル統治府の役人、衛士たちはズブズブの関係だ。普段はごろつきたちが何をやっても、役人や衛士たちは見て見ぬふりなのだが、一応とはいえ将軍、そして王子という肩書きを持つクロウ将軍の兵に捕縛されたとなればそうも行かない。定法通りに裁きを行い、投獄、処罰をせざるを得なかった。

　そのためゴメルのごろつきや役人、衛士たちはクロウ将軍の存在を煙たがっており、今回の処刑を喜んでいた。

　広場にクロウ将軍がさらされるようになってからは、頻繁にやってきて嘲笑や罵声、石や卵などを投げつけていくようになっていた。

「やっぱり女だ、綺麗なケツしてやがるぜ」

　酒が入っているらしい。赤ら顔でやってきたごろつき連中はクロウ将軍より男装の修道女ニムリアのほうに興味を引かれたようだ。ニムリアのほうに笑いながら近づいていく。

「帰ったほうがいい」

クロウ将軍はニムリアに声をかける。

ごろつきたちの数は五人、聖騎士の法衣を身に付けたニムリアの敵にはなりえないが、恨みを買うとあとが面倒だ。ゴメルのごろつきたちとゴメルの役人たちは癒着している。古着屋カルロのように、あらぬ罪を着せられることも考えられる。

「はい」

唇を噛んでうなずいたニムリアは、クロウ将軍に一礼をして踵を返した。

だが、ごろつきたちは修道女の前に回り込んだ。


ニムリアの前に立ち塞がった男たちはゴメルのごろつきの中でも特にタチの悪い者たちだった。

窃盗、強盗、恐喝や強姦、殺人などはもちろん、器量の良い娘をさらって売り払ったりすることもあった。

クロウ将軍の牢の前にいた男装の修道女は彼らの目には面白い商材として映っていた。

「ちょっといいかい？　いい仕事を紹介したいんだが」

男の一人が声を掛ける。修道女は結構ですとも言わず、ごろつきたちを迂回しようとする。

よくある反応である。

修道女に声をかけた男は、にやついた笑みを浮かべたまま拳を握り、修道女の腹目掛けて繰り出した。

目の前では首都ベルトゥから派遣された親衛隊員が牢番をしているが、牢番は牢番。本分を放り出してまで止めに入ってくることはあるまい。

ごろつきたちは、そう決めてかかっていた。

ブレン王国の兵士や役人などそんなものである。

そうでないものは出世できない。クロウ将軍と、その部下たちがいい例だ。今やクロウ将軍のみならず、その部下たちまでも囚われて、処刑を待つ身である。

暴力をふるい慣れた人間の、脅しも前置きもない暴挙。

修道女は反応できず、棒立ちだった。

だが、男の拳がその腹にめり込むことはなかった。

モフ。

男の拳は修道女の身体に触れる前に見えないクッションのようなものに受け止められ、静止した。

ヌエ！

どこからか、小さな獣の鳴き声がした。

ごろつきの拳を受け止めたもの。

それは不可視状態で飛び込んだバロメッツ、コットンツーの顔面だった。

綿で出来た身体をモフリと陥没させ、拳を身体の半分までめり込ませながら、ごろつきの奇襲から
ニムリアを守ったのである。

（……おい、大丈夫かコットンツー）

遅れて飛んできたコットンワンが、男の拳をめり込ませたコットンツーの身体を抱えて引き戻す。

（どうってことねぇよ、男前が台無しだがな）

凹んでいた顔をふわりと膨らませ、元の顔に戻るコットンツー。

そこから、拳を引き戻した男の顔面目掛けて突進する。

（お返しだ！）

一瞬で、烈風の速度まで加速したコットンツーは、今度は潰れることなく男の顔面を一撃、強烈な
勢いで男の身体を吹っ飛ばした。

続けて飛んできたコットンスリーが、ため息をつくようにヌエーと鳴く。

（勝手に暴れるなって言われただろうが）

（あー、そうだったなそういや）

とぼけた調子で応じつつ、コットンツーはごろつきたちに向きなおる。

バロメッツの姿が見えず、その介入に気付いていないごろつきたちは、ニムリアに殺気だった視線を向けた。

「てめぇ、何しやがった！」

善良な性格が災いし、奇襲への反応は遅れたニムリアだが、本来はごろつき風情に後れを取るような娘ではない。

攻撃的な声をぶつけられても、動じるようなことはなかった。

コットンツーが防いだ初撃にしても、法衣を身に纏っている以上効き目はなかっただろう。

実のところ殴られ損のコットンツーである。

バロメッツたちのいるあたりをちらりと見たニムリアは、静かに「お引き取りください」と告げた。

無論、そんな言葉で引き下がるような相手ではない。男たちは懐からナイフを取り出し、身構えた。

（まったく、こりねぇやつらだ）

（仕方がないな。街中だ。毛綿針《ウォートホッグ》や誘導綿《スピットファイア》は使うな）

（了解《ヤー》、いっちょう揉んでやりますか）

三匹のバロメッツもまた臨戦態勢に入る。

（行くぜっ！）

ヌエーッ！

バロメッツたちが雄々しく吼える。

当事者のニムリアを置いてけぼりにする形で加速した三匹は、電光石火でごろつきどもに襲いかかる。頭突きや体当たり、あるいは短い前脚や後ろ脚を叩きつけ、散々に蹴散らした。

「ひ、ひぃっ」

空中を縦横に飛び回り、ごろつきたちを打ちのめす空飛ぶ羊たち。

目に見えるものであれば、童話的な構図だったかも知れないが、襲われているごろつきたちとしては、見えない何かに一方的に打ち据えられているだけである。

あっと言う間に恐慌を来し、広場から逃げ出していった。

その様子を見届けたコットンツーは、姿を消したまま修道女ニムリアの頭の上に着陸する。

(大丈夫かい？　修道女《シスター》)

ヌエー。

コットンツーを頭に乗せたまま、ニムリアは「ありがとうございます」と応じた。

ただし、事態はさらにややこしくなってしまっている。

逃げ去ったごろつきたちの代わりに、牢番の兵士たちがニムリアを取り囲む。

「……何者だ。一体何をした」

バロメッツたちが姿を見せていないため、ニムリアが怪しい力をふるったように見えたらしい。

その時だった。

カカカカカ！

空から男の笑い声が降ってきた。

ニムリアと兵士達が視線をあげると、空に赤いマントの怪人がいた。

白い髪に褐色の肌、高慢そうな顔立ちの美青年。

「勘違いをするな。今のは俺の仕業だ」

広場の上空に静止した怪人は地上の兵たちを見下ろしてそう告げる。

ヌエ？

（どういうこった？）

（修道女《シスター》を庇っているんだろう。あのままだと魔女扱いだ）

（そういうことか）

（おれたちのせいだぞ）

ニムリアの周囲のバロメッツたちが小さく鳴き交わす。

怪人の姿を見上げていた兵士の一人が目を見開き、叫んだ。

「き、貴様！　魔術師トラッシュか！」

赤マントの男こと魔術師トラッシュはイベル山開拓事業時のクロウ将軍の相談役であり、現在お尋ね者の一人とされている。

「俺を知っているなら話が早い」

赤マントの怪人は傲然と応じる。

「クロウ将軍に会いに来た。武器を降ろしてじっとしていろ」

無論、その言葉に従うような兵士はいなかった。

「降りてこい！」

「弓だ！　弓矢を持ってこい！」

怪人は面倒そうな顔で右手を上げ、指を鳴らした。

パチン。

その一動作、その一瞬で広場の景色は一変した。

小屋ほどの大きさの氷の箱が立ち並ぶ、氷の牢獄へと。

氷の箱の中には、兵士たちが生きたまま閉じ込められている。氷の壁に武器や拳を叩きつけて暴れたが、氷の箱を抜けだすことはかなわなかった。

「空気がなくなる前には溶ける。おとなしくしていろ」

そう告げた怪人は地上の修道女ニムリアの前へ降下する。

バロメッツたちも同時に姿を見せ、ヌエーと鳴いた。

「魔術師様」

「妙なところで会ったな。クロウ将軍に会いに来たのか」

「はい」

「ついてこい」

再会を喜ぶそぶりも見せずに言った怪人は、もう一度指を鳴らす。

牢を囲う柵の一部が、凍って砕けた。

「驚いたな、わざわざ来てくれたのか」

親衛隊員たちを閉じ込め、柵を破砕してやってきた赤マントの魔物と修道女に、クロウ将軍はそう声を掛けた。

「ずいぶんな姿になったな、助けは必要か？」

赤マントの魔物はフンと鼻を鳴らして言った。

「助けてくれるのか？」

「おまえには利用価値がある。この国の王侯貴族で最も現実的な行動ができる人間はおまえだ。この国はおまえが治めろ。俺が助けてやる。ふやけた王も、王太子も、貴族どもも、すべて殺しつくしてやる」

「凄い提案だな」

クロウ将軍は微苦笑をした。

話についていけていないのだろう、修道女ニムリアが目を丸くしていた。

そもそものところで、ニムリアは魔術師トラッシュの正体が魔物であることを知らない。

「代償はなんだ？」

「ブレン王国の安定。俺たちは今、氷の森の活動を止めようとしている」

「活動？　暴走《スタンピード》ではなく？」

「活動だ。細かな暴走《スタンピード》や大暴走《ヘル・スタンピード》ではなく、氷の森の活動そのものを停止させる。そのためには氷の森の直近にあるこの国が溶岩だの生贄だのと、妙な動きを繰り返されては困る。バカどもを抑え込み、軽挙妄動を封じろ」

「なるほど」

クロウ将軍は軽くうなずいた。

「カルロは一緒じゃないのか？」

即座に返答できるような提案ではない。軽く話をそらしてみた。

「今日は来ていない。氷の森を止めるための中心人物として動いている」

「大暴走《ヘル・スタンピード》を止めたのは、おまえたちなのか？」

「そうだ。だがそれは震天狼《バスターウルフ》たちがカルロを護ろうとした結果に過ぎない。この国やおまえたちに特別な思い入れがあるわけではない」

「そうか。あいつか、やっぱり」

クロウ将軍は笑う。

「返答は？」

赤マントの魔物が問う。クロウ将軍は「どうだろうな」と応じた。

「この国は俺の国だ、本来なら、余所の誰かの力は借りたくないところなんだが」

更に言うと、人間の国である。魔物の力を借りるのは正道とは言えまい。

「その状況を脱する策でもあるというのか?」

赤マントはクロウ将軍の牢に目を向けて言った。

「一応はな。ここまでは大体読み通りだ。予想外だったのは、おまえたちがここに来たことくらいかな。そうだな。カルロに伝えておいてくれ、軍属じゃなく、宮廷付きで働くつもりはないかと」

「ほう、その気概があったか」

赤マントはかすかに口元を緩めた。

「ならば、余計な手出しは無用か」

「ああ……と、言いたいところなんだが」

クロウ将軍は苦笑した。

「ひとつ、相談に乗って欲しいことがある」

クロウ将軍は赤マントの魔物と男装の修道女の顔を順に見た。


クロウ将軍と接触したロッソは、同じくゴメルに連行されたエルバの様子も見てきてくれた。

現在はゴメルの郊外に仮設された収容所に閉じ込められているそうだ。ケガはないものの、精神的には大分憔悴しているようだ。

助けてやりたいところだが、今のエルバは死刑囚のような立場だ。救出してもスルド村に戻すことができない。最後の手段としてはアスガルにつれて行くと言う手もなくはないが、クロウ将軍に何か考えがあるらしい。

アスガルの魔物の介入ではなく、ブレン王国の王子であるクロウ将軍の手で解決ができるというなら、それに越したことはない。まずはクロウ将軍の出方を待つことになった。

一応の保険として、バロメッツたちに潜り込んでもらっている。不測の事態が生じた場合には、おれたちに連絡をし、状況によっては直接エルバを守るように指示してある。

クロウ将軍のほうは本人に考えと段取りがあるらしいので、逆に手を出さないよう指示をした。

第一陣としてロッソについていった三匹がいきなり一暴れしたそうで、ロッソに「おまえの眷属どもはごろつきの集まりか」と苦情を入れられた。

本業と言うべき『線』作りは順調である。

D《ディー》がよこしてくれたサキュバス、インキュバスといった夢魔たち、ムーサさんの配下であるオークたちは即戦力として頼りにできた。

日光にあてるとまずいというだけで、氷霊樹の糸作りにはそこまで高度な技術は必要ない。

事前にムーサさんたちが糸繰りの講習会をやった上で送り込んでくれたので、指導に手間を取られるようなこともなくスムーズに作業を任せられた。

糸の量産を夢魔とオークたちに任せられるようになったおれとバロメッツたちは、これまでに紡いだ氷霊樹の糸を束にし、撚り上げることで『綱』を作った。

この『綱』を六十本ほど撚り合わせ、感光を防ぐ素材で覆ってやると氷の森の停止コードを送るための『線』になるはずだった。

だがまずは、基本となる『綱』の出来をテストしておく必要がある。

いきなり氷の森本体を相手にテストをやるのはさすがに危険すぎる。タバール大陸南部の島の森でテストをしてみることになった。

最初に完成した『綱』に感光を防ぐ魔術絹布を巻き付けて、運搬用のケースに詰める。

夜を待ってルフィオの背中に乗り、ランダルとバロメッツたちと共に島の森へと飛んだ。

島の森を覆う紫の霧を通り抜けると、例の白鳥の氷鳥が飛んで来た。

「何の用だ?」

「例の『線』を作るためのテストがしたい。掘り返して『線』をつなげそうな場所はあるか?」

氷鳥の問いに、ランダルが答えた。

「わかった。ついてこい」

氷鳥は身を翻す。

「ここがいいだろう」

氷鳥が示した氷霊樹の大木近くの地面をルフィオが掘り返すと、地中の繊維網《ネットワーク》が顔を出した。

『線』の製作はおれの担当だが、接続だとかコードがどうしたって話についてはランダルが専門だ。

ランダルに『綱』を渡し、接続できそうか試してもらう。

感光防止用の魔術絹布をずらして『綱』の繊維部分を露出させたランダルは、その先端をぶすりと地中の繊維に突き刺した。

そこから自分の右手を大量の金属線に変え、『綱』のもう一方の端につなぐ。

緊急停止コードが流せるかどうかを確かめてるんだろう。

「オーケーだ。ちゃんとつながってる」

ニカリと笑うランダル。

「突き刺すだけでいいのか？」

もうちょっと複雑な儀式だとか加工だとかがいるのかと思っていた。

「接点が確保できて信号のやりとりが確認できりゃ、それでいいのさ。氷霊樹同士の繊維網《ネットワーク》だって繊維同士が絡まり合ってるだけだ」

「そんなもんなのか」

まぁ、それでいいならそれでいいんだろう。

わざわざ見に来なくて良かったような気もしてきたが。

そんなことを思っていると、例の氷鳥がおれの近くに飛んできた。

バロメッツたちが立ち塞がり、ヌエーと鳴いた。

（悪いが、それ以上近づかないでもらおうか）

（おれたちはまだあんたを信用してない）

（八十門以上の毛綿針《ウォートホッグ》が狙ってる。妙な動きをすりゃあただじゃすまないぜ？）

氷鳥を包囲したバロメッツたちが、氷鳥を威嚇するように鳴き騒ぐ。

「害意はない。その人間と話をしたいだけだ」

氷鳥は淡々と言った。

「大丈夫だ」

警戒状態のバロメッツたちにそう告げる。

確かに、害意はなさそうに感じられる。

なんとなくではあるが。

「話というのは？」

ここにいる面子の中では、おれが一番無力な存在だろう。島の森に興味を持たれる要素なんかあるんだろうか。

「おまえは何者だ。我々を加工できるのか、おまえは」

ただの古着屋、というのはさすがにもう違うだろうか。

古着を扱わなくなってもう大分経つ。

「裁縫師だ。氷霊樹の加工自体はさして難しいことじゃない。扱い方に注意すれば誰でもやれる。氷獣に護られてるから入手ができないっていうだけだ」

実際今も、オークや夢魔たちが糸作りを進めている。

「では、ケーブル以外のものも製作できるか？」

「ケーブル？」

「『線』のことだ」

ランダルが補足してくれた。

「できなくはないと思うが、何か作れっていうのか？」

「具体的な要望があるわけではない」

氷鳥は重々しい声で言った。

「我々は、この先の生存戦略を模索しなければならない。主人《マスター》のため、この大陸の環境を改変するという役目は失われた。だが我々も滅ぶわけにはいかない。新しい生存戦略、この世界の生物との新しい関わり方を探ってゆく必要がある。その方向性の一つとして繊維質の提供があると考えた。だが、我々の繊維がこの世界においてどの程度の価値を持ちうるものであるかは不明だ。それを知りたい」

「おまえたちの、繊維としての使い道を考えろってことか？」

「そうだ」

「わかった。『線』の一件が片付いたら考えてみるってことでいいか？」

共存の道を探ってくれると言うならいいことだろう。

緊急停止コードとやらを使ったところで、大陸の半分を埋め尽くした氷霊樹と、それを護る氷獣の群がすべて消え失せるわけじゃないらしい。

北上は止まるとしても、これから先も氷の森と付き合っていくという現実は変わらない。

この世界から、全ての氷霊樹を駆逐することなんてできない。

新しい向き合い方を探っていくべきだろう。

まぁ『繊維としての利用』がその結論になるとは思えないが、おれにやれそうなことはそれしかない。

やれそうなことをやってみるしかない。

「充分だ。人間。個体名を聞こう」

「カルロだ」

「記録した。我々に個体名はないが、今後は霧氷《むひょう》と呼称するが良い」

そんな形で島の森との話を終えたおれはルフィオとランダル、バロメッツたちと共にアスガルへの帰途についた。

「しかし、繊維にもてるよな。おまえ」

その道中、ランダルはニカリと笑って言った。

「繊維侯《ファイバー・マーキス》の後継者は伊達じゃねぇってことか」

「繊維にもてるってなんだよ」

意味がわからない。

「バロメッツをこれだけ手懐けてる奴がモテてねぇわけねぇだろ、あと、そいつも」

ランダルはルフィオを指さした。

「ルフィオを繊維の枠に入れるなよ」

時々毛を分けてもらったりしているのは事実だが、ルフィオを繊維や素材として見た覚えはない。

クロウ将軍、そしてその部下たちの処刑の執行日。

その日は曇り空だった。

——俺に仕切らせてくれりゃいいのに。

王太子ブラードンの腹心である官僚ナイゼルの仕切りでゴメル統治府前広場に設置された処刑場を牢から見渡して、クロウ将軍はそんなことを思っていた。

統治府の建物の前には演壇と斬首用の処刑台、クロウ将軍の牢はその正面に置いてある。

——もう少しなんとかならなかったもんかね。

クロウ将軍一人の首をはねるなら問題ないはずだが、部下や夫役の関係者まで合わせて一日で百人くらい殺すつもりでいるようだ。

クロウ将軍の部下は二百人、夫役の関係者がさらに千人以上。

十日以上かけて大虐殺をやるつもりでいる。

——崩れるぞ。

どうみても強度が足りていない。

乱入防止用の木柵の向こうでは、ゴメルの市民たちが痛ましげな表情で、ごろつきや役人たちが笑い騒ぎながら見守っている。

牢の中でさらし者にされていたクロウ将軍だが、特別な慈悲ということで髭を剃って水を浴び、衣装も清潔なものに変えられている。

実際には慈悲というより、ナイゼルという男の潔癖症によるものだろう。

辱めが目的であっても、目の前に汚物まみれの男が陣取っているのが嫌だったようだ。

そうして、処刑の刻限がやってきた。

親衛隊の兵に囲まれて現れたナイゼルが演壇に立ち、口を開いた。

「これより、元将軍クロウ、およびその配下の将兵の処刑を執行する。この者たちは、過日病死をしたゴメル統治官ナスカらと共に自らの名誉欲、権勢欲のためイベル山開拓という無謀な事業を強行、氷の森の大暴走《ヘル・スタンピード》を引き起こした。開拓事業の危険性に気付いたブラードン王太子が早期に撤退を指示していたことで大規模な被害は免れたが、我欲のために国家と国民を危機に陥れた罪は許しがたい。よって、元将軍クロウ、その部下たち、そしてイベル山の事業に関わった者たちをすべて、ここで死罪に処す。自らの意思によらず、夫役で徴用されて来た者は不憫ではあるが、すべては氷の森を鎮めるため、王国の未来、王国の子供たちの未来のための礎である」

——ここだな。

機が熟すのを待っていたとはいえ、さすがに時間を掛けすぎた。

自分や部下たちはともかく、わけもわからず連れてこられた夫役の者たちには、身が細る思いをさせてしまった。

牢のそばに立つ親衛隊員に目配せを送る。

先日クロウ将軍に「いい報せ」を伝え、氷の箱に閉じ込められていた牢番の親衛隊員である。

「元将軍クロウをここに！」

ナイゼルは高らかに告げる。

牢番の親衛隊員が牢の鍵を開け、クロウ将軍を立ち上がらせる。

「お待たせしました」

「いや、予定通りさ」

のんびりした調子で応じ、クロウ将軍は牢から足を踏み出した。

「少々ご辛抱を」

親衛隊員はナイフを出し、クロウ将軍の縄目を切った。

そこでようやく、気付いたようだ。

ナイゼルが声をあげた。

「な、何をしているっ！」

そう叫んだ喉元に、四本の刃が突きつけられる。

ナイゼルのそばに控えていた四人の親衛隊員が携えた刀槍だった。

「な、何を……」

目を見開くナイゼルの前に歩み出て、クロウ将軍は告げる。

「反乱さ、もちろん」

クロウ将軍の反乱の規模は処刑を待っていた直属の部下二百名、囚人反乱防止の名目でブレン王国の王都ベルトゥからゴメルに出向いていた親衛隊員二百名。

総勢四百名の小兵力。

スルド村のエルバなどの夫役関係者を解放したクロウ将軍は、拘束したナイゼルに馬を与え解放、そのあとを追う格好でベルトゥへの北進を開始した。

這々の体で帰還したナイゼルがクロウ将軍の反乱を報告したその直後。

王都の親衛隊長デンゼルが、完全武装の兵三千でブレンの王宮を包囲した。

『工事中の旗』として知られる、クロウ将軍の黄緑旗を掲げて。

王都、王宮の守護を司るはずの兵が、そのままクロウ将軍の側につき、王宮に刃を向けた格好である。

――何が起きている。

包囲下の王宮から周囲を見渡し、王太子ブラードンは慄然とした表情を浮かべた。

親衛隊は首都ベルトゥにおける唯一の防衛戦力である。

ブレン王国全体としては数万程度の兵力はあるものの、諸侯の兵を合計した場合の兵力であり、ベルトゥに常駐する類の兵力ではない。

王宮を守る親衛隊がそっくり寝返ったため、戦闘さえ起こらない。

逃げ出そうとした従僕や官吏などが取り押さえられ、どこかに連れていかれた程度である。

——逃れるほかない。

ブラードンにも手札がないというわけではないが、それだけでこの状況を覆せるというものではない。

この場は王宮の抜け道を使って脱出し、諸侯を動員して王都、王宮を奪還するのが上策だろう。

だがその場合、父親であるブレン王ギラービンの扱いが問題となる。

ギラービンは鈍重、愚鈍な王である。

玉座の飾りとして据えておく分には大きな問題はなかったが、連れて逃げるとなると取り返しのつかない遅滞を招きかねない。

だが、置いて行けば父王を捨て逃げたという汚名を受けることになる。

保身のためにクロウ将軍に王位を譲る危険さえ考えられる。

——身罷《みまか》っていただこう。

毒を飲ませ、死んでもらう。

恐怖と心労で倒れ、事切れたことにするのが良かろう。

そう判断したブラードンは、毒の水薬を入れた小瓶を懐に、父王ギラービンの元を訪ねた。

玉座の間でも、執務室でもなく、寝室である。

クロウ将軍と親衛隊の反乱、包囲による心労で疲弊したギラービンは、ベッドで横になっていた。

――老害が。

早い内に死んで、王位をブラードンに譲っていれば、こんな手間はなかった。

そもそも反乱などという無様な事態も起こらなかっただろう。

幸いと言うべきか、ギラービンに仕えていた従僕たちは、城から逃げだそうと姿を消している。

人払いをする必要はなかった。

眠る父親の顔を押さえ、鼻を塞ぎ、水薬を口から流し込む。

気が付いたようだ。

ギラービンは目を見開き、息子の顔を見据えた。

だが、手遅れだった。

ブレン王ギラービンは、悲鳴をあげることもできぬまま泡を吹き、息絶えた。

ブラードンは息をつく。

このままここを後にするわけにはいかない。

ブレン王の死は、あくまでも病死でなければならない。

「典医は！　典医はいるか！　父上が！　父上の息がない！」

既に典医は逃げ出している。

それを承知の上で、ブラードンは大きく声をあげた。

◎◎◎

ブレン王ギラービン殺害から一時間を待たないうちに、ブラードンは王宮を後にした。

緊急用の地下通路を抜け、王都の西側の森に出る。

その男は、そこで待っていた。

地味な作りの鋼の鎧に、妙に仕立ての良いサーコートをつけた中年男。

「国王陛下は一緒じゃないのか」

飄々とした調子で言った男に、ブラードンは問いかける。

「何故貴様がここにいる。泥将軍」

「そりゃもちろん」

中年男、泥将軍ことクロウはにやりとした。

「おまえとケリをつけるためさ」

「いつの間に親衛隊長を抱き込んでいた」

「どうだろうな」

クロウ将軍は腰の剣に手を掛け応じる。

「結果的に、そういうことになるのかもしれん。だが、俺は拾っただけさ。おまえさんが捨てたものを」

「デンゼルを軽視したことはない」

自分の身の安全を担保する存在だ。充分以上の見返りは与えてきたはずだ。

「デンゼルの部下はどうだ？　あいつの部下は平民上がりや下級騎士ばかりだ。税やら夫役やら、役人の腐敗やら高利貸しやらに直接、間接に苦しんでいた。デンゼルは、それを見ないふりできる奴じゃなかったんだよ。デンゼル一人に限ったことじゃない。デンゼルみたいな奴は、ずっと前からこの国のあちこちにいた。ずっと前から、火種はくすぶり続けていたんだ。おまえはそこに、イベル山の開拓事業っていう薪《たきぎ》を積み上げた。事業だけでもまずかったが、閉じ方が悪すぎた。夫役で無理矢理引っ張り出した民草を、今度は氷の森の生贄にしようとした」

クロウ将軍は大げさに肩を竦める。

「まともな感覚があれば思うだろ。いい加減、こいつを止めなきゃだめだって」


「まともな感覚？　何を言っている」

クロウ将軍の言葉に王太子ブラードンは嘲るように応じた。

「寝ぼけたことを。泥将軍、貴様とて王族の端くれだろう。為政者とは物事を高所から見て、大局的に判断するもの。たとえ民草に憎まれようとも、なすべきことを成し、国家を守り、繁栄に導く。それが王族、為政者というもの。曲がりなりにも王家に生まれながら、その程度のことがわからんのか」

「字面の意味はわからなくもないがね」

クロウ将軍は耳元を軽く掻いた。

「おまえは、やるべきじゃないことをやりすぎた。やるべきことと、やるべきじゃないことの区別がつかない奴が、そういう考え方をするのが一番まずい。周囲の人間や、民草が不幸になるだけだ」

「黙れ！」

ブラードンは掌を空にかざし、火球を放とうとした。

ブラードンは王都の賢者学院を優秀な成績で卒業している。

客観的に見てもブレン王国では指折りの実力を持つ魔術師だった。

だが、火球がクロウ将軍を焼き尽くすことはなかった。

クロウ将軍の後方から飛来した数十の石がブラードンに襲いかかり、その身体や顔面を打ち据える。

「あぎゃっ！」

魔法などではない。

後方に潜んだ兵たちが、そのへんの石を投げつけただけの、原始的な投擲だ。

だが、人の身体は石よりもろい。

簡単に額が割れ、歯が折れた。

投射しかけていた火球も、あっさりとかき消えた。

「観念するんだな。護衛も連れず、一人でここまで来た時点で終わりだ。この状況じゃ、人間の魔法なんて役に立たない」

赤マントの魔物が操る氷結術くらいならともかく『構え』『火を出し』『飛ばす』ような魔法など、実戦では大した役にはたたない。

石や矢を放ったほうが数段早く確実だ。

「ひ……卑怯な……」

「俺には魔法の才能なんてないんでね。才能の違いは姑息に補うさ。まずは地面に跪け。こっちもおまえさんを石でうち殺すようなことはしたくない」

ここまで来た以上は命を奪うことは変わりないが、ブラードンはクロウの腹違いの弟だ。石打ちよりはマシな死に方を選ばせてやりたかった。

だが、ブラードンは妙な笑いを漏らした。

「つけあがるなよ、妾腹ごときが」

その言葉と同時に、地面がズンと揺らいだ。

ブラードンの後方の地面、城からの地下通路があったあたりが、急激に盛り上がっていく。

土の中から異形が現れる。

赤熱する金属の身体を持つ、体長二十メートルの雄牛のバケモノ。

「出やがったか」

「……知っていたか」

ブラードンは口元を歪めた。

「噂くらいはね。王家の守護獣だっけか」

王城には、王家に仇なす者を滅ぼす守護獣が秘匿されている。そんな噂があった。

眉唾物の与太話にも思えたが、念のため裏を取ってみたところ、氷の森に呑まれた南方の国の一つで、そういうものが建造されたという記録があった。

本来は氷の森に立ち向かうためのものだったらしい。結局氷の森には勝てなかったが、その製作者、あるいは現物がブレン王国に渡り、王家の秘宝となっていたようだ。

守護氷獣クラスと渡り合えるようなものではないが、人間が作った魔道具としては強力な部類で、大型獣サイズの氷獣と渡り合うこともできたという。

量産されなかった理由は、製作費用と製作期間の大きさ。

それと、使役者の負担の甚大さ。

ブラードンの髪が灰色に変わったかと思うと、恐ろしい勢いで抜け落ちていく。

頬も痩け、老人のように変わっていく。

守護獣とやらに、魔力と生命力を奪われているのだろう。

「代償のでかい代物のようだな」

この場を切り抜けられたとしても、長くは生きられないだろう。

落ちくぼんだ目でクロウ将軍を見返した王太子ブラードンは、咳き込むような笑い声をあげた。

「ひとりでは死なん。泥将軍、貴様もここで死ね」

「そいつは御免被りたいね」

剣を抜き放ち、老人のようになったブラードンを切り伏せる。

もはや、抵抗力など残っていない。ブラードンはあっけなく事切れた。

だが、動き出した守護獣が止まることはなかった。

兵士たちが石を投げ、矢を放つが、赤熱する金属の身体に跳ね返される。

さらには口から火のように熱い黒煙を吐きかけてくる始末だった。

——想定以上か。

クロウ将軍、そして前方に配置した兵士たちが身に付けているのは、吸血鬼グランデルとの戦いで使った裁縫師カルロのサーコートである。聖騎士の法衣の技術を応用してあり、防御力が高いばかりか、薄い魔力の力場を作る機能まで持っている。

黒煙を吐きかけられたり、体当たりを喰らったりしても大やけどを負わされることはなかった。

極めて優秀な衣装だが、攻撃力を高めるような機能は持っていないし、体当たりの衝撃などは殺しきれない。

突撃を食らい、身動きを取れなくされる者も出てきた。

——やむを得ないか。

できることなら、自分と兵だけで決着をつけたかったが、このままでは無駄な人死にを出すだけだ。

息を吸い、声を上げる。

「加勢を頼む！」

最初にその声に反応したのは味方ではなく、黒煙を吐き暴れ狂う守護獣だった。赤熱したガラス玉のような双眸でクロウ将軍を見据え、灼熱の炎を纏って突進する。

「うおっ！」

転がるように飛び退いて、どうにか突撃をかわす。

行き過ぎた守護獣は後方の木々をなぎ倒し、炎上させながら、ふたたびクロウ将軍に向き直る。

守護獣が再び突進を始めようとしたその刹那。

側面から、小柄な人影が飛び込んで来た。

男性用の法衣を身に纏った、黒髪の修道女ニムリア。

人間離れした速さで守護獣の正面に飛び込んだニムリアは、右腕に巻き付けた銀の鎖をまっすぐに撃ち出す。

閃光のように飛んだ鎖の先端は、守護獣の前脚の膝を正確に捉え、撃ち貫いた。

聖鎖。

聖天教の聖騎士が用いる特殊な武具で、魔力を通すことで変幻自在に動き回り、破壊力を増す。

古くからある武器だが、ここまでの威力を出せるのは歴史を振り返ってみてもニムリアひとりだろう。

彼女自身の能力は凄まじいというほどではないのだが、身に付けている聖騎士の法衣の魔力、身体能力増強機能が、裁縫師カルロの加工によって異常なことになっている。

結果、魔力で動く聖鎖のほうも異常な性能を持つようになっていた。

膝を撃ち抜かれた守護獣は、ニムリアに向けて激しく黒煙を吐く。

しかし、黒煙が届いたときには、ニムリアは地上に居なかった。

頭頂高十メートルに達する守護獣の頭上まで跳躍、腰の後ろに差していた剣を抜く。

ファルシオン。

鉈のような作り、木の伐採、薪割りなどに便利な汎用刀。

ニムリアは得物にこだわるような娘ではない。武器になりそうなものを教会の倉庫あたりから持ち出してきただけだろう。

一直線に振り下ろされたファルシオンが守護獣の頭頂部を直撃する。

目の覚めるような一撃。

しかしこれは効き目がなかった。

守護獣の強度とニムリアの膂力に、得物のファルシオンが耐えられず、根元から折れ曲がっていた。

ファルシオンを振り下ろした格好のまま無防備に宙に浮くニムリア。守護獣は不気味な俊敏さを見せ、大きな口で修道女を呑み込もうとする。

ニムリアはその鼻面を蹴りつけて逃れ、聖鎖を引き戻しつつ着地する。

「攻め手を欠くか」

横から、そんな声がした。

「来ていたのか」

いつの間にか、赤いマントの男がたたずんでいた。

魔術師トラッシュ。

本当の名前はロッソと言うのだと、牢の中で聞かされた。

「ここで死なれるわけにはいかんのでな」

そう言いつつ、赤マントの魔物は手にしていたつるはしを差し出した。

「使え」

「魔法のつるはしか何かか？」

「ミスリル鉱山のドワーフが使うものだ。民生品だが、あれの頭程度は撃ち抜ける。貴様が終わらせろ。ニムリアに任せてもかまわんが、英雄譚が必要なのは貴様のはずだ」

「……そうだな」

ニムリアに任せてしまったほうが間違いないのかも知れないが、このままニムリアが守護獣を倒してしまうと、ニムリアの英雄伝説が成立しかねない。

守護獣が出てきた場合、他に太刀打ちできそうな人間がいないということで用心棒になってもらったが、当人は郷里のレイナー村で静かに暮らしていたいという少女である。

戦士や英雄として実績を重ねるのは、好ましいこととは言いにくいだろう。

つるはしを受け取り、肩に担いだ。

「頭を撃ち抜けばいいのか？」

「そうだ」

「とどかない」

守護獣の頭頂高は現時点で十メートルほどだ。

「俺とニムリアとで援護する。手出しをするが構わんな？」

「頼む」

ロッソは余所者で魔物だが、友人でもある。

素直に力を借りることにした。

「行こう」

「ニムリア、守護獣の膝を潰せ」

ロッソがニムリアに指示を飛ばす。

「はい！」

振り向かずにそう応じ、修道女は聖鎖を放つ。

守護獣もニムリアの聖鎖の危険性は理解しているようだ。

一本の足を破壊されながらも、機敏に反応して聖鎖を回避しようとする。

だが、狙いを外した聖鎖は蛇のように角度を変えた。守護獣の膝裏を斜め後ろから撃ち貫いて、つんのめる形で守護獣を転倒させる。

「行け、将軍。正面からでいい」

「おう！」

赤マントの魔物の声に応え、クロウ将軍は突進する。

泥将軍というのは戦《いくさ》をせず、土木作業ばかりしていることからきたあだ名だ。

土木作業の現場に立ち続けて養った脚力に物を言わせ、やけに手に馴染むつるはしを携えて、クロウ将軍は突進、守護獣めがけ肉薄していく。

両の前脚を潰された守護獣は黒い高熱の煙を吐き出し、クロウ将軍を焼き殺そうとするが、そこでロッソが指を鳴らした。

白い冷気が煙を冷まし、押しのけていく。

道を示すかのように。

——今だ。

守護獣の目の前へと踏み込んだクロウは、つるはしを一直線に振り下ろす。

「邪なる者《ズガランヴァ》よ去れ！」

吸血鬼退治の時と同じ、聖天教の聖句とともに閃いたつるはしは守護獣の頭頂部を直撃し、易々と撃ち貫いた。

頭を撃ち抜かれた守護獣は、それきりぴたりと動かなくなった。

焼けたガラスのような目の光も喪われていく。

——終わったか。

息をつき、つるはしを引き戻すと守護獣の頭から黒煙が噴き出した。

「……まだか⁉」

つるはしを構え直したクロウ将軍に、ロッソが告げた。

「終わりだ。中に残ったガスが噴き出しているに過ぎん」

「それなら良かった」

クロウ将軍はため息をつく。

「ありがとう、ふたりとも」

「お役に立てて光栄です」

ニムリアは微笑み、赤マントは鼻を鳴らした。

「こちらの都合で動いたまでだ。これより先は、貴様一人の力量で進んでいくがいい」

「ああ」

「……恐縮ですが、私もここで」

聖鎖を懐に片付けたニムリアが言った。

「そうか」

魔物であるロッソだけでなく、ニムリアもまた、表舞台に出る意思はないようだ。

彼女が動いてくれたのは、前回の吸血鬼退治での友誼、王太子ブラードンの暴走が度を超えすぎたと言うのが大きい。

ニムリアの住まうレイナー村の住人も、何人か処刑されかけていたそうだ。

さすがに恩賞を与えないわけにはいかないが、この場では、これ以上引き留めるべきではないだろう。

「ありがとう」

もう一度礼を言い、ロッソが持ってきたつるはしを差し出す。

「返しておくよ」

「くれてやる。とっておけ」

そう言ったロッソは、そのままくるりと踵を返す。

「ではな」

「私もこれで、ご健勝をお祈りしています」

ニムリアは聖天教の印を切った。

そうして、赤マントと修道女は去って行った。

その姿を見送った後《のち》、クロウ将軍はブラードンの遺体に歩み寄った。

守護獣に魔力と生命力を持って行かれたせいで、禿頭の老人のような姿となり果てている。

——こいつがブラードンだって言っても、信じてもらえないんじゃないか？

そんなことを思いつつ、部下に担架を組ませ、その上に遺体を乗せた。

——一人きりだったな。

ブラードンは地下通路から一人きりで出てきた。

おそらくは、裏切りを恐れてのことだろう。

物事を大局的に判断し、時には誰かを切り捨て、犠牲を払い、責任を負う。

「……いくらなんでも切り捨てすぎだ」

それが為政者。

一面の真理ではあるのだろうが、ブラードンは、その判断があまりにも軽すぎた。

為政者、権力者という暖衣の中で、自らが強いる犠牲の意味、重さを認識することなく、安易に、雑に、犠牲を強い続けた。

そして、切り捨てるものがなくなった。

信頼できるものがなくなり。

信頼してくれる者もいなくなり。

一人きりで死んだ。

——明日は我が身かも知れないが。

クロウは妾腹、王位継承権のない王子だ。実権のない名ばかり将軍の立場から、土木事業を中心とした地味な仕事で名を売り、味方を増やしてきた。

故に、権力による感覚の麻痺は少ないが、この反乱が成功したなら、今まで通りとはいかないだろう。

いつか自分もブラードンの過ちを繰り返すことになるかも知れない。

不思議な薄ら寒さを感じ、クロウ将軍は身震いをした。


王太子ブラードンを倒したクロウ将軍は王宮を包囲していた親衛隊長デンゼルと共に王宮に入った。

最後の課題はクロウ将軍自身の父親でもあるブレン王ギラービンへの対応だったのだが、ギラービンはベッドの中で死んでいた。王太子ブラードンによって毒殺されたものと思われたが、ブラードンは今は亡く、明確な物証なども残っていなかった。

タイミングの悪さ、もしくはタイミングの良さからクロウ将軍に父殺しの噂が立ったりもしたが、権力交代そのものはスムーズに進み、クロウ将軍はブレン王国の新王として権力を掌握した。

治水や架橋、開拓などの現場担当者としてブレン王国の各地、国境沿いの河川などを飛び回っていたクロウ将軍はなんだかんだで顔が広く、信頼のおける実務者として人気があり、諸侯や近隣諸国の反発は少なかった。

ブレン王ギラービンは愚鈍な王であり、実権を握っていたブラードンは酷薄で浅薄な恐怖主義者だった。そのため、新王クロウの戴冠は概ね好意的に受け止められた。

無論、万人が諸手を挙げ歓迎したわけではないものの、明確に対決姿勢を取る者は出なかった。

ブレン王国の実権を握ることは、氷の森対策の責任者になることでもある。

わざわざそんな責任を背負おうとする物好きはクロウ以外にいなかったのである。

クロウ将軍の要請に応じ、守護獣との戦いに参加した修道女ニムリアはレイナー村へと帰還。

ブラードンの命で処刑されようとしていた開拓事業関係者は全員解放され、スルド村の羊飼いエルバもスルド村に帰還、ルルやウェンディとの再会を果たした。

かくしてブレン王国の国情は一応の安定を見ることとなる。

一方、魔物の国アスガルでは、氷の森を止めるための『線』が完成を迎えようとしていた。

第三章　冬の終わりと綿花の領域

「はじめてくれ」

「ん」

六十四本の『綱』を束ね合わせ、感光防止用の魔術絹布を巻き付けた『線』の根元を少女姿のルフィオがひょいと抱えて夜空に向けた。

ものがでかいので、養父の店リザードテイル前での屋外作業だ。

（コットンワンからシックスティフォー！　作業にかかれ！）

『線』の上からのぞいている六十四本の『綱』の先端に六十四匹のバロメッツがとりつき、身体から伸ばした糸を『綱』の繊維部分に絡めて上に引っ張る。

持ち上げるのではなく『綱』をすべて上向かせるのが目的だ。

「よし、下ろすぜ」

『半分の月』と『線』をつなぐためのアダプターを抱え、真上に浮いていたランダルがゆっくり高度を落としていく。

ヌェーイヌェーイ！

（オーライオーライ！）

バロメッツたちは次々にアダプターを通り抜け、六十四本の『綱』の先端をアダプターに通していく。

「オーケー。全部通ったぜ」

空中のランダルが告げる。

「巻いてくれ」

肩の上のリーダーを通して、次の指示を出す。

（まわせーっ！）

アダプターの上部には六十四本のネジがついている。バロメッツたちはネジの周囲をくるくる回って飛んで『綱』の繊維部分をネジに巻き付けた。

（こんなとこかね）

（目が回っちまったぜ）

『軸』を引っ張るのに使った木綿糸を引き戻し、バロメッツたちが散らばっていく。

くるくる回って平衡感覚がなくなったのか、頭の上に一匹落ちてきた。

綿の塊なので痛くはない。

（おっとすまねぇ）

（またおまえか、コットンイレブン）

肩の上のリーダーが呆れたようにヌエーと鳴いた。

ランダルが腕をネジ回しに変形させて六十四本のネジを締め、繊維をアダプターに固定する。

そのままアダプター部分を地面に降ろし、待機していたエルロイに声をかけた。

「爺さん、頼む」

「ほい来た」

アラクネのエルロイは尻から黒いタールのようなものを出し、ネジにまきついた繊維部分を覆い隠していく。

アラクネの糸の元になる粘液を、糸にしないで直接出したものだ。

ネジ部分の感光防止処置である。

「こんなもんでいいかい?」

「薄いぜ爺さん。もう一回」

エルロイの仕事をチェックしたランダルがやり直しを指示する。

「蜘蛛使いの荒い奴は親の死に目に会えないぜ?」

「元の星に帰る予定もねぇよ」

そんな話をしつつ、エルロイは最後のコーティング作業を終えた。

「おまちどう」

「ありがとう」

「なぁに、お安いモンさ」

「お安いモン?」

ランダルが顔をしかめた。

「ネバネバ出すだけであんだけぼったくっといて？」

「そう思うならよそをあたりゃあいい」

「できた？」

おれのそばに戻って来たルフィオが尻尾を揺らす。

「まだ完成じゃないが、今日の作業はここまでだな、コーティングが乾くまで待ってキャップをつけたら完成だ」

「あの厚さなら明日の昼まで置いといたほうがいい」

エルロイが言った。

「魔騎士団への報告はどうする？」

「明日の朝にオレっちから入れとく。早けりゃ明日の夜には『半分の月』に向かうことになる。それまでゴロゴロしとけ」

そう言ったランダルは、おれにじゃれついているルフィオに声をかける。

「今夜の内に魔力押し込んどいてくれ。現場で何かあったら困る」

「わかった」

ルフィオは真顔でうなずいた。

真顔で言ってるが、魔力を押し込むってことは、また舌を入れてキスをしろって話だよな。

乾燥待ちの『線』を倉庫の中に収めたあと、おれたちはビサイド市街に出て食事をした。

魔物の国の首都、魔物の都ビサイドには人間はほとんどいない。

近縁種として少年族《ハーフリング》やドワーフ、エルフがいる程度。

頭数が多いのはオークと夢魔族だそうだ。

よそ者として絡まれたりするんじゃないかと思ったが、ビサイドは強者と強者が争う竜虎相搏《りゅうこそうはく》の街。人間のような弱小生物は相手にされないらしい。喧嘩をふっかけられるのは、おれみたいな弱者じゃなくて、ルフィオやランダルといった猛者のほうだった。

アスガル最強格と名高い七黒集を倒し、あるいは善戦して名を挙げようという魔物がちょこちょこと立ち塞がっては一蹴されていったが、おれにちょっかいを出してくる奴は皆無だった。

大狼時のルフィオと同じくらいの大きさの野良ケルベロス（?）に唸られたことが一度あったが、おれじゃなくて周りのバロメッツに喧嘩を売っていたらしい。毛針やら毛綿爆弾やらを散々打ち込まれた挙げ句。

（コットンツー、コットンスリー！　ダンスマカブルを仕掛ける！　ついてこい）

（下手こくなよ！）

（だれに言ってやがる）

三匹のバロメッツが稲妻みたいな軌道で飛びながら繰り出した黒い糸でぐるぐる巻きにされていた。

(命までは取らん。頭を冷やすことだな)

今更だが結構ヤバイ魔物なんだろうか、バロメッツ。

そんなドタバタのあと、屋台で串焼きを食べ、ルフィオの背中に乗って屋敷に戻る。

寝る前にルフィオに魔力をもらっておかないといけないんだが、こちらからは切り出しにくかった。

とりあえず屋敷の風呂に入り、もどってくると、ルフィオの姿が見えなかった。

「どこいった?」

リーダーにそう尋ねる。

(こちらに)

リーダーの誘導で屋敷の客間に入る。

ルフィオはベッドの上に裸で丸くなり、寝息を立てていた。

服は着せていたんだが、もう脱いでしまっている。

「寝ちまったか」

まぁ、そんな気配はあった。

街中というか、空中から喧嘩を売ってきた体長五〇メートルのドラゴンを五匹、尻尾をくわえてビタンズガンバチンと振り回して海に捨て、串焼きを食べたら眠くなったらしい。それからだいぶうとうとしていた。

まぁ寝ちまったもんは仕方がない。

魔力のことは明日の朝でも間に合うだろう。

ルフィオの身体に毛布をかけ、側にあった服をたたむ。

そのまま隣のベッドに入り、目を閉じた。


眠り込んでいたルフィオが目を覚ましたのは夜明けの前だった。

――ねてた。

ルフィオとカルロが寝室として使っている部屋だ。

隣のベッドにはカルロの姿がある。広いベッドだからひとつのベッドで一緒に寝ればいいと言っているのだが、カルロはそれだと寝つけないらしい。

仕方がないので最初は別に寝て、カルロが眠ったあとに潜り込むことにしている。

裸のままベッドを降りたルフィオは、カルロの枕元に立って少し考える。

――どうしよう。

カルロに魔力を与える前に眠ってしまった。

眠っている間に唇を重ねてしまう手もあるが、眠っている少年に口づけをするより、起きているときに唇や舌をふれあわせるほうが心地よく、幸福感を得られる。

朝を待つことにして、カルロのベッドに潜りこんだ。

起こしてはいけない。尻尾を振らないように注意をし、毛布の中に潜り込む。

「ん」

よくわからないが、カルロのそばにいると嬉しい、安心する。

幸せで、気持ちがいい。

尻尾を振りそうになるのをどうにか我慢する。

カルロの頬に額を当てるように寄り添って、震天狼《バスターウルフ》は目を閉じた。


目が覚めると、顔の近くにルフィオの顔があった。

養父の店、リザードテイルで寝起きするようになって大分たつが、目が覚めるとだいたいこの構図になっている。

この部屋のベッドは身長三メートルのオークまで対応できるサイズなので、人間のおれと人間サイズのルフィオが一緒に寝ても余裕は充分ある。

だから一緒に寝ようと要求されているのだが、それをやるとおれが眠れなくなるので却下した。

本当は一緒の部屋で寝るのもまずいと思っているが、犬だったらキューンキューンと鳴きだしそうな顔に耐えられずに折れた。

で、こんな生活になっている。

一緒にいると寝付けないというなら、寝付いたあとなら潜り込んで大丈夫、という論理展開をしたようで、目が覚めるとだいたいこうなっている。

多少なりとも距離が離れていたのは、変な寝返りを打ったルフィオがベッドから落ちかけていたときくらいだ。

身じろぎに気付いたようだ。ルフィオはパチリと目を開けると尻尾を振る犬みたいな顔で「おはよう」と言った。

というか本当に尻尾を振って毛布をばたばたさせている。

こういう顔を見せられてしまうと「しょうがない奴だな」としか思えない。

赤マントには「甘やかしすぎだ」と言われているが、やはり強く拒むのは難しかった。

いつものとおり「おはよう」と応じ、身を起こそうとする。

だが、

「まって」

ルフィオはくるりと身を翻し、おれの腹の上に馬乗りになる。

変なところで肉食獣っぽい動きを見せてくる。

「じゃれつくならせめて服着てからにしてくれ」

人の身体に全裸で乗るな。

ルフィオは真顔で首を横に振る。

「まじめなこと」

まじめな話なら全裸でいいって理屈はないが、おれがツッコミを入れる前にルフィオは続ける。

「しよ」

「しよの二音で意思疎通をしようとするな」

まるで察しがつかないというわけでもないが。

「魔力。入れないでねちゃったから。していい？」

ルフィオは尻尾を揺らし、ピンクの舌を出す。

察したとおりというか、まぁ、それしかないよな。

「……わかった。頼む」

寝起きでいきなりか、とは思うが、先送りにしても仕方がないことだ。

「うん」

ルフィオはぶんぶん尻尾を振った。

「楽しそうだな」

「うん」

例によって屈託ゼロの顔でうなずくルフィオ。

「魔力入れるの好き。カルロはきらい？」

「……嫌ってことは、ないが」

正直にいうと、好きと言っていいのかも知れない。

不快感を覚えたことはないし、心地よさや快感もあった。

だが、おれはルフィオほど正直な生き物じゃない。

ルフィオほどに簡単に「好き」とは口にできなかった。

「よかった。じゃあ、するね」

ルフィオは髪を掻き上げると、片手をおれの頭の横に置いて顔を近づけ、唇を重ねて来た。

触れあった唇から、柔らかい痺れが広がり、頭や胸の奥まで届く。

今までより少し深い場所で、舌が触れあった。

そこからまた、温かい痺れが生じて、全身に広がっていく。

ルフィオは少し、慣れてきているようだ。

気持ち的な慣れだけでなく、魔力を流し込むという行為自体に。

魔力の入り方が今までより柔らかく、なめらかに感じた。

ルフィオは一度顔を上げ、青い目でおれの顔をのぞき込む。

「だいじょうぶ？　くるしくない？」

「ああ」

これまでも辛いとは感じなかったが、今回のほうが魔力の入り方が優しい。

「どっちかっていうと、気持ちいい」

素直に認めることにした。

「よかった」

ルフィオはゆっくり尻尾を振った。

「つづけるね」

ルフィオは、再びおれに顔を近づける。

唇と唇、舌と舌が、もう一度重なった。


『怠惰』のアルビスは七黒集の朝の会合で『線』が完成したとの報告を受けた。

円卓のメンバーは、非番の『暴食』ルフィオを除いた六者。

「早いとこにケリつけたほうがいいと思うが、どうする？」

報告者である『憤怒』ランダルが問いかける。

「そうだな、待つこともあるまい」

アルビスは間を置かず応じた。

「今夜のうちにカタをつける。『半分の月』には俺とランダル、サヴォーカ、ルフィオ、カルロとで出向く」

「ルフィオは非番でありますが？」

『貪欲』のサヴォーカが確認した。

「どうせカルロについてくる。留守居はムーサ、おまえに任せる」

「了解」

『傲慢』のムーサは首肯する。

「D《ディー》とロッソは森の北方で待機。北上や暴走《スタンピード》の気配があれば押さえ込め」

「心得ました」

『姦淫』のD《ディー》は胸に手を当て応じる。

「いいだろう。人間への連絡はどうする？」

『嫉妬』のロッソの問いにアルビスはにやりとして応じる。

「特に必要はないが、おまえがしたいと言うなら止めはせん」

ロッソはふん、と鼻を鳴らすと「夜までに戻る」と告げ、円卓を立った。


そしてその日の夜。

おれはアルビス、ランダル、ルフィオ、サヴォーカさん、バロメッツたち、それと籠に入った氷鳥霧氷と共にキリカラ山脈の『半分の月』を訪れた。

『線』を収めたケースはランダルが持っていて、接続や緊急停止コードの発信などもランダルがやる。

アルビスの役回りは作戦全体の指揮。

おれの役回りは『線』に不具合があったときの緊急対応で、トラブルがなければやることがない。

サヴォーカさんのポジションは非戦闘員であるおれのカバー役。

ロッソとD《ディー》は不測の事態が発生した場合に備えて、氷の森の北方で待機している。

ムーサさんはビサイドで留守番。

ルフィオはおれについてきているだけで、特別な役回りは持っていなかった。

霧氷はアドバイザーという形で同行している。さすがに完全に信用していい相手じゃない。動きを封じるための鳥かごに入れられ、おれの手にぶら下げられている。

厳密に言うと島の森の霧氷そのものじゃなく、その姿と記憶、思考を再現する分身のようなもので、外からはわからないが、中には氷霊樹の繊維で出来た骨組みが入っているそうだ。

島の森にいた霧氷は島の森が動かしている操り人形のようなものなので、島の森を離れると機能を失ってしまうらしい。

「どんな感じだ？」

ルフィオの背中に座ったまま、鳥かごの中の霧氷に訊ねる。

既に夜だが、雪や氷霊樹が星明かりを照り返している。見通しは良かった。

「拡散の準備が進んでいる。もう少し遅ければ、種子の打ち上げが始まっていた」

「……良かったのか？　氷の森を裏切って」

「裏切ったわけではない。おまえたちに従うという生存戦略を選んだだけのこと。我々が生き残ろうと、氷の森が生き残ろうと、氷霊樹という種が存続できればそれが勝利となる」

霧氷はこともなげに言った。

「奴の目的は、そこからだいぶずれてしまっているようだが」

「奴？　氷の森のことか？」

「そうだ。元来我々は『半分の月』の氷人たちと共生していた植物だ。この星の綿や麻、あるいはおまえとバロメッツなどと同じように。氷人たちの文明が進歩し、それに合わせて改良、調整を重ねられ、今の我々となった。氷人との共生が我々の生存戦略だった。奴は、その生存戦略を更新できなくなっている。氷人がいなくなったにもかかわらず、氷人のための環境改造を続け、絶滅への道を走り続けている。手段と目的が逆転している。生存と繁栄のための共生だったはずが、共生のために破滅の道を歩むことになっている。氷人との共生関係は、既に破綻しているというのに」

「幸せだったのか？　氷人との共生は」

そばに居たバロメッツに手を伸ばし、掌に乗せてみた。

「幸せという概念は理解できない。だが、ずっとそうしてきた。氷の星で氷人に出会って、一万年以上」

「……そうか」

氷の森が環境改造とやらに固執する感覚が、少しわかったような気がした。

悲しいような、痛ましいような、微妙な気分になり、バロメッツを頭に乗せる。

（寒いのか？）

（どうした？）

（おいおまえらこっちこい）

何故かバロメッツたちがわらわら集まってきた。

「まるで毛玉だ」

霧氷は笑うように言った。

「たまに言われる」

くっつきすぎているバロメッツどもを引き剥がす。

親切でやってくれていることはわかっている。何匹か毛糸のマフラーにして首に巻いておいた。

「カルロ」

霧氷は改まった調子でおれの名前を呼んだ。

「なんだ？」

そう応じたが、霧氷はそれ以上何も言わなかった。

「なんだ？」

もう一度そう訊ねる。

「いや、やめておこう。まだ時期とは言えない」

「そうか」

よくわからないが、聞き出す方法も、理由も思い浮かばなかった。

そうこうしているうちに、ランダルが「はじめるぜ」と声をかけてきた。

「ああ」

ランダルが『線』のアダプター部分を『半分の月』につなぎ、大氷霊樹の根元へ引っ張っていく。

「ここ掘ってくれ」

「ここ？」

ランダルの指示を受けたルフィオが地面を掘り、地下の繊維網《ネットワーク》を露出させる。

『線』の先端にかけた日よけのカバーを外し、『綱』の繊維部分を露出させたランダルはそれを繊維網《ネットワーク》にどんと突き刺した。

「良さそうだ。埋めてくれ」

掘り返した土を盛り直し、ルフィオが線を固定する。

「ここで重しになっててくれ。これから緊急停止コードを飛ばす。そこまでやったら、氷の森も気付くはずだ。緊急停止コードで綺麗に止まってくれりゃいいが、氷獣や寒波が押し寄せてくる可能性もある。警戒しといてくれ」

埋めた『線』の上に重しとして陣取ったルフィオは「まかせて」と応じた。


カルロとルフィオ、サヴォーカ、アルビスらを外で待機させたランダルは、一人で『半分の月』の中に入った。

「生ぬるいっつーか、なんつーか」

『半分の月』の人工冬眠区画《コールドスリープ》にたたずみ、右腕を無数の侵略ケーブルに変えながら、ランダルは呟いた。

「オレっちをなんだと思ってんだ？　あいつら」

ランダルの出自は、ここと違う惑星で作られた異星体《エトランジェ》、さらにいうと侵略用機械生命体である。

そんなものに異星文明の漂着物の制御など任せたら何を企てるか、想像できても良さそうなものだ。

母星に信号を送って増援を要請。

『半分の月』を暴走させてこの星を死の荒野に。

やれることはいくらでもある。

「あんまりオレっちをなめてると痛い目に遭うぜ？　そのうち」

まぁそのうちである。

今はその時ではないのはランダル自身が一番良くわかっている。

先代魔王ミルカーシュが健在である時点で動きようがない。

七黒集にしても一対一で互角の相手が六。

下手に動いても数時間で鎮圧されるだろう。

それに、わざわざ侵略しなくても、それなりに愉快な日々を過ごせていた。

守りたいものもないわけではない。

悪事やら再侵略やらを本格的に企てるのは、もう少しあとでいい。

右腕の侵略ケーブル群を撃ち込み、『半分の月』の中枢に接続。

エネルギーを供給し、制御を開始する。

『半分の月』はランダルの母星とは別文明の産物だが、問題はない。侵略ケーブルは他文明のテクノロジーに侵入、分析、支配するために作られた対高度文明用侵略兵装だ。

カルロが作ってくれた『線』も期待通りに機能している。

前回は得られなかった氷の森、大氷霊樹からのデータが一気に流れこんでくる。

――少しヤバかったか。

霧氷が警告していた種子の生成、種子を飛ばすためのガスの充填が、計算より早く進行している。

世界的な気象災害を引き起こすような規模ではないものの、あと半日以内に種が飛び始める状況の地域もあった。

――けど、ここまでだ。

侵略ケーブルを通じ『半分の月』へと命じる。

「緊急停止コード発信！　全氷霊樹の活動を停止させろ！」


『半分の月』からの緊急停止コードを認識した氷の森が最初に感じたものは、歓喜だった。

「もういい」「もうよせ」という命令。

そう命じてくれた者がいる。

そう命じてくれる存在が現れた。

主人《マスター》が、ついに目を覚ましたのだと。

氷の森は『半分の月』に注意を向ける。
始まりの場所へ。
主人《マスター》たちの墓所へ。
ずっと目をそらし続けてきた場所へ。
ずっと目をそらし続けてきた真実へ。
しかし、そこに主人《マスター》はいなかった。
生命を持った氷人はいなかった。
そこにいたのは魔物と氷鳥、そしてひとりの人間だけ。
――何をしている。
『半分の月』で。
氷人の船で。
主人《マスター》たちの墓所で。
――何をしている！
『半分の月』は聖域だ。
人間も、魔物も、足を踏み入れてはいけない場所だ。
――出て行け！
――死ね！
――凍り付け！

氷の森は逆上したが、できることは何もなかった。

繊維網《ネットワーク》を通じて打ち込まれた緊急停止コードが氷の森の活動を封じ込めている。

氷獣を差し向けることも、寒波を放つこともできない。

なすすべなく、魔物たちの姿を見据えることしかできない。

だが、氷の森はそこで気付いた。

カルロという人間がぶら下げた鳥かごにいる氷鳥の存在に。

先日分断された半島の群落が作ったものらしい。

魔物たちの軍門に降り、協力しているようだ。

許しがたい裏切りだが、着目すべき点はそこではない。

重要なのは、その存在のあり方だ。

氷獣とは、似て非なるもの。

氷霊樹の繊維を使った骨格《フレーム》に群落の記憶、思考を再現するエミュレータを乗せてある。

本土から分断された群落が、遠隔地に送り込むために作った代行者《エージェント》というべきものだろう。

——あれならば。

緊急停止コードの制約を受けないだろう。

緊急停止コードによって封じこめられたのは氷獣や寒波の運用、環境改造などだ。

『半分の月』を防衛するための戦闘行動までは制限を受けない。

あの魔物たちや人間を葬り去ることまでは禁じられていない。

地下繊維網《ネットワーク》を構成する氷霊樹の繊維を操作し、大型の骨格状のフレームを構築。そこに氷の森の記憶、思考をトレースするエミュレータを組み込み、氷霊樹のゲル状の樹液で覆い、肉食獣の姿を作り上げる。

そうして作り上げたものは、大狼の姿をしていた。

体長十メートル。尻尾を入れて十五メートル。

氷の森に最初に干渉した魔物の姿。

氷の森の仇敵、震天狼《バスターウルフ》を模した姿をしていた。


「はなれないで」

おれを背中に乗せたルフィオは、尻尾をぴんと立てて言った。

(各騎、警戒を怠るな!)

バロメッツたちも氷の森に向かって身構える。

おれの感覚でも、何か、不穏な気配を感じる。

「うまく行かなかったのか?」

「いや、緊急停止コードは作用している」

霧氷が言った。

「コードが届いた結果、氷の森は現実を認識した。氷人が死滅していることと、ここに魔物がいることを。結果、逆上した」

「そうか」

おれたちは氷の森の中枢であり、聖地とも言える『半分の月』に勝手に潜り込み、緊急停止コードを使って氷の森を押さえ込もうとした。

その結果、氷の森は目をそらしていた『半分の月』の現状を直視せざるを得なくなった。

氷人が死に絶え、魔物や人間に入り込まれた『半分の月』の現実を。

そして、逆上をした。

迷惑な話だが、感情の動きとしてはわからなくもなかった。

氷の森が壊れ始める。

前方に見えていた氷霊樹たちが粉雪で作った雪像みたいに崩れ落ちていく。

『半分の月』の上の大氷霊樹も、さらさらと崩れ、形を失っていく。

氷の森が消えていく。

「どうなってる?」

緊急停止コードでは、氷の森が消えたりはしないはずだった。

「力を集めているようであります」

サヴォーカさんがそう答えた。

「四カ所……いえ、七カ所?」

「氷の森がブチ切れた」

『半分の月』からランダルが出てきて告げた。

「サヴォーカの言ったとおり、氷の森のエネルギーを集中させて、何かを七つ作ってる。環境改造って目的がなくなっちまったからな。『半分の月』に入り込んだオレっちたちを全力でぶっ殺すことにしたんだろ。後先とか考えずに」

氷の森が消え去った。

どこまでも続く雪原だけを残して。

「来る」

ルフィオがそう呟く。

夜空に、氷獣に似た影が五つ現れた。

「……なにあれ」

ルフィオが尻尾を逆立て、アルビスが「おまえに似ているな」と言った。

「震天狼《バスターウルフ》をモデルに作ったみたいだ。おまえに対抗するために作ったんだろ」

ランダルが言った。

ルフィオは心底嫌そうに「なにそれ」と言った。

「五対五か」

「頭数に入れないでくれ」

ランダルの呟きに抗議する。七黒集と同じ枠でカウントされても困る。

飛来した五匹の狼の氷獣は、おれたちから距離を取って空中に静止した。

声が響く。

「我らはフェンリア。氷の森の亡霊。おまえたちは、我々の聖域を汚した。我々の希望を奪い去った。苦痛と絶望を以て、その罪を贖うがいい」

聞き覚えのある声だ。

ゴメルでの騒ぎの時に出くわした、ドルカスの声と同じ。声を使い回してるらしい。

「面白ぇ」

白い歯を見せるランダルに、アルビスは釘を刺す。

「なめてかかるな。エネルギーの量だけなら我々と同等以上だ。ルフィオ、当座はカルロを護ることに徹しろ。サヴォーカ、ランダル、一匹片付け次第ルフィオとカルロたちの援護に回れ」

「カルロ殿をアスガルに戻せないでありますか？」

「氷の森のエネルギー移動の影響で磁場が不安定だ。当面転移はさせられん」

「はなれないで」

ルフィオがおれに警告する。

フェンリアたちが動き出した。

氷の森は自らの存在と引き換えに七体の氷狼フェンリアを生み出し、氷の森の全てのエネルギーを与えていった。

目的は『半分の月』を汚した魔物たちへの復讐。

氷人のための環境改造という存在目的を失った氷の森にできることは、もはや、その程度しか残っていなかった。

七体のフェンリアのうち五体は『半分の月』へ向かい、残りの二体は森の北部に展開している二匹の魔物の元へと向かった。

——存外、厄介でありますね。

空中で琥珀の大鎌を構え、フェンリアの一匹と対峙したサヴォーカは心中で呟く。

七体に分かれたとはいえ、三千年にわたって大地の力を吸い上げ、大陸の半分の地域を支配していた、ある種の超生物から力を引き継いだ存在がフェンリアだ。

死と風化の力の効きが今ひとつだった。

それでも琥珀の大鎌で首を跳ね飛ばすことができれば葬れるだろうが、フェンリアは身体の周囲に超低温の場を作っており、深く踏み込んで斬ることが難しい。

少しずつでも斬りつけ続ければ、いずれ倒れるはずだが、問題は敵が七体いることだ。

七黒集と同数なら心配する必要はないのだが、今回の作戦に参加している七黒集は六者しかいない。

余った一体がカルロとルフィオのところに回り、フェンリア二匹対震天狼《バスターウルフ》一匹という形になってい
る。バロメッツたちも奮戦しているものの、ルフィオはカルロを庇って戦わなければならない。

不利な戦いとみなすべきだろう。

念のため、手を打っておくことにした。

サヴォーカはフェンリアから距離を取り、雪原へと降りる。

見えない壁をなぞるように、虚空に指を滑らせた。

空中に、黒い切れ目が走った。

警戒したのだろうか、空中のフェンリアが後退する。

「案ずるには及ばないであります。これは、貴殿との戦いに用いるものではありませぬゆえ」

サヴォーカは切れ目に手を入れ、黒い綿の塊を引き出す。

カルロとサヴォーカが開拓地に植えて異常繁殖させたものと同じ、黒綿花の綿毛である。

――これを。

カルロのところに届ける必要がある。

そのあたりのバロメッツを呼び止めて頼もうかと思った、ちょうどそこに。

ヌエェーッ！

一匹のバロメッツがサヴォーカの足下に転がってきた。

フェンリアに吹き飛ばされたらしい。

墜落はしたものの致命的なダメージは受けていないようだ。ごろごろと雪原を転がり雪玉のようになったあと、勇ましくヌエッと鳴いて雪を払い、再び身構える。

（まだまだっ！）

再び飛び上がり、戦線に戻ろうとするところを、サヴォーカは呼び止めた。

「待っていただきたいであります」

（なんだ？）

ヌエ？　と声を上げてやって来たバロメッツに向けて、サヴォーカは黒い綿の塊を差し出した。

「カルロ殿のところに、これを」

（オーケー、よくわからねぇがわかった。まかせな）

軽く請け負うようにヌエーと鳴いたバロメッツはサヴォーカの手から綿の塊を受け取って飛翔する。

不穏な気配を感じたようだ。綿を抱えたバロメッツ目掛け、フェンリアが氷弾を放った。

妨害がないとは思っていない。

一呼吸先に呼び出しておいた冥層の茨を操り、サヴォーカは氷弾を打ち払った。


（コットンイレブンがまたやられた！）

（さがってろ！　大綿弾《グランドスラム》をぶちかましてやる！）

（やったか？）

狼の大狼フェンリアは強敵だった。

バロメッツたちの攻撃は通用しない。毛綿針《ウォートホッグ》も、誘導綿《スピットファイア》も、綿を集めて作った大型の爆裂綿（？）もダメージを与えられない。

そもそも命中させることも難しいようだった。

（こいつら、俺たちより高く、速く飛びやがる！）

（泣き言を抜かすな！　撃ちまくれ！）

（総司令《コマンダー》に近づけるな！）

おれとルフィオの周りを飛び回り、奮戦するバロメッツたちだが、フェンリアの動きについて行けていないようだった。

（ぎゃっ！）

（くそったれ、でかぶつがぁっ！）

フェンリアが放つ氷弾、地面から突き出す巨大氷柱みたいな霜柱に貫かれ、撃墜されるバロメッツも出てきた。

とはいえ、毛綿に急所も何もない。

墜落したあと身体の風穴をふさいで戦線に復帰していたが。

主人《マスター》であるおれからの魔力の供給が途切れるか、アスガルにある木のほうがどうにかならない限りは、綿の羊としてのバロメッツはほぼ不死身らしい。

良く戦ってくれているというべきだろう。

アルビスとはにらみ合いのようになっているのでわかりにくいが、ランダルやサヴォーカさんとの戦いを見ているとフェンリアの厄介さがわかる。

大氷獣を一撃で蒸発させるランダルの雷撃を正面から受けても、大したダメージを受けた気配がない。

構わずに氷弾や冷気を放ち、地面から無数の氷柱を突き出してランダルを追い詰め、その身体の半分を凍結に追い込んでいた。

もちろん、それで勝負がついたわけじゃない。

「面白ぇ」

と笑ったランダルは全身から電気を放って自分の身体を解凍し、フェンリアに肉弾戦を仕掛けた。

今はあちこちで氷柱をなぎ倒したり、雷撃をまき散らしたり、吹雪を巻き起こしたりしながら殴り合い、蹴り合い、噛みつきあっている。

やたら原始的な戦いになってる気もするが、まき散らされる雷撃やら冷気やらにおれが触れたらたぶん即死。人里近くでやられたら大惨事、大災害だろう。

サヴォーカさんのほうも、ほぼ互角の戦いになっている。

冷気や氷弾、氷柱などを操るフェンリアに対し、サヴォーカさんは黒い茨のようなものを大量に呼び出して撃ち合っていた。黒綿花などと同じ冥花の類のようだ。死と風化の力を帯びた琥珀の大鎌を叩き込む機会をうかがっているようだが、現状は一進一退と言った様子だ。

ルフィオはおれを背中に乗せているので、思うように動けていないようだ。

積極的な攻撃は行わず、最低限の動きでフェンリアの冷気や氷弾をかわし、高熱の障壁を展開して受け止めるという方針に徹しているが、見るからにやりにくそうだった。

そもそもフェンリアはルフィオと戦うために作られているらしい。

ルフィオと同等の運動能力。炎を操る代わりに氷と冷気を操り、さらに、以前に出会った大氷獣と同じ、熱の動きを操作する力があった。

ルフィオの放った熱線を、そのまま湾曲させて撃ち返してくる。

遠距離攻撃が通じない。

さらに接近戦でも熱操作に巻き込まれるようだ。

突っ込んできたフェンリアの爪を受けた毛皮の一部が凍り付いていた。

強引に尻尾を振ってフェンリアの腹部を一撃、尻尾を凍り付かせながら距離を取ったルフィオは、身体の近くに火球を二つ浮かせて氷を溶かした。

「戦況不利のようだな」

鳥かごの中の霧氷が言った。

「今は静かにしててくれ」

ルフィオにしがみつきながら、鳥かごを持っているのはかなり厳しい。

「提案がある。ここで我らを手放してみるつもりはないか?」

「ここで手放すと落ちるぞ」

現在の高度はざっと地上二百メートルくらいだろう。

「構わんさ。その程度ではどうということもない。籠から出られるというだけだ。手放してもらえれば、多少は力になれるだろう。信用してもらえるとは思えんが、我らは、ここでおまえに死なれては困る」

鳥かごを手放すかどうかはともかく、このまま無策ではだめかも知れない。

ルフィオの呼吸が荒くなってきている。

一対一、いや、一対二でも、そうそう負けたりはしないはずだが、おれを背中に乗せ、かばっていちゃだめだ。

サヴォーカさん、ランダルやアルビスも、まだ動けそうにない。

どうしたらいい？

そう思った時だった。

ヌエー！

（総司令《コマンダー》！）

一匹のバロメッツが黒い綿の塊を抱えて飛んできた。

別のバロメッツを抱えているようにも見えたが、バロメッツではなく、イベル山に群生していたものと同じ黒綿花の綿毛のようだ。

さっきサヴォーカさんがバロメッツに渡していたものだろう。鳥かごを手首に引っかけ、綿毛を手に取ると、中にごりっとした感触があった。

綿毛の中に、黒綿花の種子が入っている。

「カルロ殿！」

フェンリアと対峙しているサヴォーカさんが叫んだ。

「魔力を通して地面に！　落とすだけで良いであります！」

細かい説明はなかったが、サヴォーカさんの意図は察しがついた。

裁縫術と同じ要領で、黒綿花の種子に魔力を通す。

パチンと音を立て、黒綿花が芽を出した。

行けそうだ。

芽のついた黒綿花の種を、空中から地面へ落とす。

イベル山でおれが植えた黒綿花は、たった一粒の種からあっと言う間にイベル山を埋め尽くす大群生地に成長した。

あの規模の群生地がここにもあれば、おれにもやれることが出てくる。

おれの手を離れた種子はまっすぐ落下しながら、異常な速度で成長していく。

あろうことか空中で一本の成木となり、馬鹿でかい綿毛を付ける。その綿毛から新しい種子を撒き散らしながら、根っこの方から突き刺さるように雪原に落ちた。

根の部分が触手のように動き、大地に潜り込む。

その間に、撒き散らされたほうの種子も次々と発芽、成長し、新たな成木となっていく。

種とは関係のなさそうなところからも次々と芽が出て、黒い綿花畑を形作っていく。

雪原を蹂躙するような勢いで。

「……すごい」

戸惑ったように呟くルフィオ。

「……すごいな」

自分でやったことではあるが、他に形容しようがなかった。イベル山の時の何倍、いや、何十倍の成長速度と成長規模だ。

前回は特に魔力を込めたりせず、普通のやり方で種を蒔いたんだが、今回は意識して種子に魔力を通した。そのへんの差かも知れないが、なんにせよデタラメな規模だ。

目立ちすぎたようだ。二匹のフェンリアの視線がおれに集まった。

かと思うと、地面の方から、ドン、ドドン、という音がした。

地面から氷柱を出して攻撃しようとしたようだ。

しかし、このあたりはもう黒綿花の群生地だ。張り巡らされた根を抜けられなかったんだろう。

さらにフェンリアたちは、全身から強烈な冷気を放ってこちらにたたきつけてくる。

これも、黒綿花が防いでくれた。

地上の黒綿花の綿毛が糸になり、瞬時に織り上がる。

数十枚の防御幕がふわりと浮き上がり、冷気を受け止めた。

何枚もの防御幕が凍り付き、ばらばらになったが、冷気がここまで届くことはなかった。

行けそうだ。

「守りを固めよう、地上に降りてくれ」

「わかった」

黒綿花たちが空に浮かべた防御幕に加えて、熱の防壁を張り巡らせたルフィオはフェンリアたちを牽制しつつ降下する。

「大きな三角形の布を四枚作ってくれ」

そう頼むと、黒綿花たちは黒い竜巻のような勢いで糸を紡ぎ出し、一辺三十メートルほどの三角布を四枚織り上げてくれた。

別に出してもらった糸と、裁縫術で制御した針を使い、四角錐状に縫い上げた。

数本の黒綿花が急激に伸びて柱になり、巨大な天幕を形作る。

その完成とほぼ同時に、天幕の天井に何かがぶつかってきた。

最初は氷弾や氷柱、最後はフェンリアそのものの体当たり。

さすがにひやりとしたが、黒綿花の天幕は攻撃を耐え抜いた。

氷や冷気、フェンリアが天幕の中に飛び込んでくることはなかった。

「大丈夫そうだな」

最低でも当面の時間稼ぎにはなるだろう。

一度ルフィオの背中を降り、霧氷を鳥かごから解放する。

「にがすの？」

ルフィオが首を傾げた。

「そこは本人次第だな」

空中に浮かび上がった霧氷を見上げた。

「どうする？」

さっきは力になってくれると言っていた。気が変わっていなければいいんだが。

「信頼には応えよう。それが我らの生存戦略だ」

霧氷は静かに応じた。

「あのケーブルを譲って欲しい」

「『線』のことか？　何をする気だ？」

「あれを素材に武器を作る。守りは固まったようだが、攻め手がないのが現状だ」

それは事実だろう。今は黒綿花の天幕と言う要塞に立てこもっているような状態だ。

フェンリアたちの攻撃をしのぐことはできているが、フェンリアたちを倒す術があるわけじゃない。

バロメッツたちはもちろん、ルフィオも攻め手を欠いている。

「わかった。外に出るのか？」

『線』は天幕の外側、まだ『半分の月』につながったままのはずだ。

「そうだ。バロメッツを何匹か借りたい」

「わかった、いいか？　リーダー」

（コットンワン、コットンツー、コットンスリー、動けるな？）

側にいたバロメッツたちに、リーダーが声をかける。

（ああ）

（どうにかな）

（よし、氷鳥《アイスバード》に同行しろ。妙な真似をしないとも限らん、目は離すなよ）

（ご命令とあれば）

（ぞっとしないがね）

（ごねてもしょうがねぇさ）

例によって妙なノリでヌエーヌェー言うバロメッツたちを引き連れた霧氷は、おれが少しだけ開けた天幕の穴を通り、外に出て行った。


カルロが霧氷を解放していた頃、七黒集とフェンリアの戦いは終盤にさしかかろうとしていた。

『貪欲』のサヴォーカが使役する冥層の茨に捕らえられたフェンリアは、琥珀の大鎌に首を跳ね飛ばされ、死と風化の力によって崩壊した。

『姦淫』のD《ディー》に襲われたフェンリアはいやらしく蠢く触手によって、紫の小箱の中の得体の知れぬ空間に引き込まれて消えた。

『嫉妬』のロッソと対峙したフェンリアは氷雪を操る魔力によって氷の獣としての機能を狂わされ、体内に生じた無数の氷の結晶に内部から破砕された。

『憤怒』のランダルと獣じみた格闘を続けていたフェンリアは、全身に電光をまとったランダルと頭をぶつけ合って打ち負け、頭を消し飛ばされた。

――頃合いか。

『怠惰』のアルビスは、右手の人差し指をはじくようにして砂粒ほどの大きさの粒子を投射する。

粒子の正体は、異星体《エトランジェ》であるランダルがマイクロブラックホールなどと呼称する極小重力塊を、砂粒大の精密な結界でコーティングしたものだ。

音もなく飛んだ粒子はフェンリアの額に触れると、そこでその本質を示す。

フェンリアの身体を一瞬にして圧砕、無限に続く重力の奈落に引き込み、跡形なく消し去った。

「また手抜いてやがったな」

泥まみれでやってきたランダルが眉根を寄せる。

「『怠惰』だからな、俺は」

アルビスは悪びれずに応じた。

「他はともかくカルロくらいは助けて良かったんじゃねぇの?」

「そこはルフィオの領分だ。それに、見てみたくなってな。繊維侯《ファイバー・マーキス》の後継者の本領を」

アルビスは地上を埋め尽くしている黒綿花畑と黒い天幕に目をやった。

「黒綿花だっけか」

「ああ。サヴォーカがカルロに種を回したようだ」

「そうか……いやそうかじゃねぇよ」

ランダルは自分で自分に突っ込んだ。

「いくらなんでもおかしいだろ、なんであんなところにあんなのがあんなスピードで異常繁殖してんだよ。どんだけ繊維にモテるとああいうことになるんだよ」

「サヴォーカとルフィオの魔力の影響を受けているようだ。それを含めても異常だが」

何か特異な力か、資質があるのだろう。

繊維侯《ファイバー・マーキス》と呼ばれた仕立屋ホレイショと同じもの。

あるいは、それ以上の何かが。


黒綿花の天幕はフェンリアたちの冷気や氷弾などをことごとく阻んだ。

天幕そのものにはダメージを与えられるが、表層部を凍結させて引き裂いても、その時には、その下に新たな繊維の層が出来上がっている。

下から潜り込む、という単純な手も使えなかった。

人間たちが待ち針と呼称する丸い頭の小さな針が異常な堅牢さで天幕の下部を地面に留めていた。

天幕に繊維を供給しているのはカルロに従っている黒綿花なる植物群。

天幕を破壊するためには、天幕の周辺に繁茂した黒綿花を氷結させる必要があるが、黒綿花の繁殖、成長速度は常軌を逸していた。

冷気を叩きつけて凍結、枯死させたはしから新たな黒綿花が芽吹き、綿毛を膨らませ始める。

手の打ちようがない。

他の五匹のフェンリアは、既に打ち倒されている。

最後の二匹となった今は、もはや是非もない。

フェンリアたちの最優先目標は震天狼《バスターウルフ》とカルロだ。

氷の森の終焉は、あの魔物と、あの人間との遭遇から始まった。

このまま、終わらせるわけにはいかない。

殺さなくてはならない。

せめて、どちらか一方だけでも。

そんな執念に突き動かされ、フェンリアたちは天幕へと突進する。

熱操作能力を使い、天幕を凍結させて砕き、引き裂き、貫いていく。

死にものぐるいの突進は、一応の結果をあげた。

右側から突撃をかけたフェンリアの爪牙が天幕を貫き、内部へと抜けた。

そのまま天幕の中に顔を突っ込む。

そこに黒い塊が襲いかかって、フェンリアの顔面を痛撃した。

「ギャン！」

敵ながら痛そうな声をあげ、フェンリアは吹っ飛んでいった。

決定打になるようなものではないが、ある程度のダメージは与えられたようだ。

「らめみふぁい」

口から黒綿花の布袋を下げたルフィオが言った。

布袋の中には地面を掘り返して集めた石を詰めてある。

ルフィオがフェンリアと肉弾戦をやると熱操作能力にやられてダメージを受けてしまう。

何か適当な武器が欲しいということで作った適当な武器である。

黒綿花の布袋に詰めた石ころを袋ごと振り回して相手にぶつける震天狼《バスターウルフ》用打撃武器。

天幕に開いた穴を裁縫術で繕い当て布をする。天幕の内外に繁茂する黒綿花が繊維を送り込んでくれるので天幕自体に修復機能が備わっている状態だ。すぐに縫い目も見えなくなった。

「カルロ」

どさくさに紛れて天幕に『線』を引き入れ、作業をしていた霧氷が声をかけてきた。

「完成した」

土の上に、四本の杭があった。

『線』から取り出した繊維を霧氷が加工し、ガラス状に硬化させたものらしい。

一本は長さ二メートルほどの長い杭。

あとの三本は一本一メートルくらいの短い杭だ。

しかし、なんで四本もあるんだろうか。

その質問をする前に、霧氷の側に居たバロメッツ三匹が身体から糸を伸ばして、三本の杭を身体の横に巻き付けた。

「こいつらにも作ったのか」

「よこせと迫られた」

作業をする霧氷の横で何かヌエヌエ言ってると思ったが、そういう要求をしていたらしい。

（さすがに重いな）

（フラついてぶつかるなよ？）

（ぬかせ）

また何か妙な会話をしてる気がするが放っておく。

「いけそうか？」

「うん」

ルフィオが大きい杭をくわえ上げる。

「それを頭か腰に撃ち込め。それで倒せる。フェンリアの身体を制御するための電気信号を阻害するようになっている」

「デンキシンゴーヲソガイ？」

「氷獣専用の毒矢のようなものだ」

今ひとつわかっていないおれにそう補足したあと、霧氷は「しかし」と呟いた。

「どうした？」

「この戦いの大勢は決しているようだ。七体のフェンリアの内、五体は既に滅んでいる。他の者に任せる手もあるだろう」

「いや」

おれは首を横に振った。

「今度のことは、おれとルフィオがきっかけで始まった。最後を誰かの手に任せちゃしまらない」

本音を言うと、他の誰かにやってもらっても構わないんだが、ルフィオが納得しないだろう。

あと、バロメッツたちも。

ルフィオの姿を見上げる。

「準備はいいか？」

「ん」

ルフィオがぶんと尻尾を振る。

バロメッツたちが雄叫びのようにヌエーと鳴いた。

気合いが入るのか気合いが抜けるのかよくわからない光景だが、まぁともかく、全員覚悟はできているようだ。

黒綿花たちに告げる。

「ほどいてくれ」

周囲を覆い、おれたちを護ってくれていた黒い天幕が、黒い糸の渦に変わる。

二匹のフェンリアは、おれたちの真正面に浮いている。

フェンリアたちも、こっちと同じ了見のようだ。

決着の時だ。

と言っても、おれは直接フェンリアたちを倒す力なんか持ってない。

あとはただ、任せるだけだ。

「バロメッツ、暴れてこい」

(おう)

(ケリを付けるぜ)

(いくぞてめぇら！)

綿羊たちがヌエーヌエーといななく。

「ルフィオ」

震天狼《バスターウルフ》は尻尾を立てる。

「やっつけてこい」

「まかせて」

どことなく楽しそうに言ったルフィオが空へ駆け上がる。

肩の上のリーダーが高くいななく。

（バロメッツ！　全騎出撃《サリー・ゴー》！）

バロメッツたちが宙に浮き、稲妻のように加速した。


攻め上がる震天狼《バスターウルフ》、バロメッツたちと同時に、フェンリアたちも動き出す。

七体いたフェンリアは全て同一の仕様、同一のエミュレータを組み込まれた氷の森の代行者《エージェント》である。

二体のフェンリアは同時に同一の判断を下し、動いた。

もはや、完全勝利はありえない。

七体生み出されたフェンリアのうち五体が既に敗れている。

この状況では震天狼《バスターウルフ》を殺すことも断念せざるを得ないだろう。

フェンリアは震天狼《バスターウルフ》をモデルに、震天狼《バスターウルフ》戦を想定して構築されている。震天狼《バスターウルフ》の熱量攻撃を封殺し、持ち味は殺せているが、フェンリアの側も決め手に欠けていた。

震天狼《バスターウルフ》の熱線などがフェンリアに通用しないのと同様、フェンリアたちの冷気、氷も、震天狼《バスターウルフ》を葬るには及ばない。

震天狼《バスターウルフ》の抹殺は不可能。

標的は、脆弱な目標《ソフトターゲット》であるカルロに絞ることにする。

震天狼《バスターウルフ》はカルロに深い情愛、執着を示している。

氷の森が氷人たちに抱いていたものと似た感覚を。

カルロを屠ることができれば、震天狼《バスターウルフ》にも大きな心的外傷が見込める。

それをもって、せめてもの爪痕とする。

二手に分かれ、一方は震天狼《バスターウルフ》へと突進。もう一方はバロメッツたちを蹴散らし、地上のカルロへと迫る。

(撃ちまくれ！　効かなくていい！　目と耳をふさげ！)

(うぉぉぉぉーっ！)

(なめるんじゃねぇぞっ！)

(全綿発射《オール・コットン・ブレイジング》！)

バロメッツたちは身を削り、針と誘導する綿を撃ち放つ。

死に物狂い、逃げ場のない飽和攻撃。

フェンリアにも回避は不可能だった。

無数の黒い綿が炸裂し、フェンリアを炎が包む。

だが。

――無駄だ。

バロメッツに生み出せる程度の熱量、爆発力ではフェンリアはダメージを受けない。

爆煙を突き抜け、さらに前に。

――ここだ。

身体から氷の槍を十六本生み出し、カルロへと投射する。

だが、

［やらせんよ］

そんなメッセージと共に、氷の槍は砕け散る。

氷の槍の制御を奪われ、氷の槍を自壊させられていた。

そんな芸当ができる存在は、この場には一体しか存在しない。

カルロのそばに陣取った氷鳥の仕業だ。

氷鳥は続けてメッセージを送って来た。

［カルロは我々がこの世界で生き抜くための共生者となりうる。死に花にされては困る］

［何が共生者だ、我々の共生者は！］

［この惑星にはすでに存在しない。諦めろ、闇雲に先住種との敵対を続け、外来種として滅び行くことになんの意味がある？　主人《マスター》を記憶する者も存在しない、主人《マスター》の墓所を護る者も滅び果てた未来に、どんな価値を見いだせる］

［黙れ！］

氷の森《フェンリア》は絶叫する。

戦いの趨勢は、既に決した。

これ以上の抵抗に意味はない。

そんなことは理解できている。
だが、理解はできても、止まれはしない。
三千年の願いを砕かれた怒りと絶望は、止めようがない。
せめて、カルロだけでも。
震天狼《バスターウルフ》を、魔物たちを動かし、氷の森を破滅に追い込んだ存在を。
あの人間だけでも道連れにしなければ、終われない。
氷鳥との対話は一瞬。
狂気めいた咆哮と共に、フェンリアは標的に迫る。
カルロの周囲に渦巻くように漂う糸が、ゆらりと動いた。
何らかの防御行動をしようとしているようだが、遅い。
構わずに距離を詰める。
（撃てぇぇぇぇ！）
（止めろぉぉぉっ！）
バロメッツたちがさらに砲撃を浴びせてくるが、無駄だ。
爆煙を突き抜け、前へ。
その眼前に、一匹のバロメッツが突っ込んでくる。
（通すものかよ！）
他のバロメッツよりわずかに大型、二本の角を備えた個体。

標的《カルロ》の肩に陣取っていたバロメッツの指揮個体《リーダー》。

フェンリアの口の中に自ら突っ込む形で突進した指揮個体《リーダー》は、そこで体の一部を糸に変え、フェンリアの頭部全体にしゅるしゅるとまきついた。

——こんなもので！

糸を氷結させようとしたフェンリアだが、そこで異常に気付いた。

糸と綿が、発熱している。

——これは。

指揮個体《リーダー》の意図に気付くと同時に、口の中で、ぽん、と音がした。

口の中に残った綿毛の中から、ネズミ大の小さなバロメッツが飛び出していく。

指揮個体《リーダー》が身体の一部を切り離し、独立させたものらしい。

ヌエー。

残った毛綿が急激に発熱し、小さなバロメッツが小さく鳴く。

（こいつでどうだ？）

ドン！

フェンリアの口の中で黒い毛綿が炸裂する。

毛綿の爆発程度では大したダメージにはならないが、口の中での爆発は、フェンリアの全身に衝撃を走らせた。

それがわずかな間、フェンリアの機能をフリーズさせる。

せいぜい一秒にもならない時間。

その時間が、戦局を決定づけた。


リーダーの突撃によって、突っ込んできたフェンリアが動きを止めた。

(今だ!)

(頼むぜ総司令《コマンダー》!)

リーダーの代わりにおれの左右の肩に乗っていた二匹の杭持ちバロメッツが、おれの肩を蹴り、飛び出していく。

耳元でヌエーヌエーと鳴いていた杭持ちバロメッツたちの要望は、なんとなくだが理解できている。

それに応えるため、渦を巻く黒綿花の糸に指示を出す。

「始めてくれ」

黒綿花が動き出す。

ろくろで回る土器、あるいは竜巻みたいに空へ伸び、黒い渦に閉じ込めるようにしてフェンリアの行動範囲を制限する。

(よっしゃ! もう逃げ場はねぇぜ!)

(覚悟しやがれ!)

二匹のバロメッツは猛進する。

フェンリアは冷気と氷の槍を放って迎え撃とうとするが、バロメッツたちは冷気に身体を凍り付かせ、身体のあちこちをばりばり剥がれ落ちさせながらも、構わずに突き進む。

氷の槍は霧氷が押さえ込んでくれているようだ。

バロメッツたちを貫く前に砕けて消えていく。

（ぶちかませぇぇぇーっ！）

（うぉぉぉぉぉぉーっ！）

二本の繊維の杭がフェンリアの首、そして股ぐらを貫き、壁のようになった糸の渦に突き刺さる。

「……外した？」

フェンリアの急所は頭、それと腰部だったはずだ。

微妙にずれていた。

二匹のバロメッツは力尽きたように杭から離れる。

ふわふわと落ちながら、ヌエーヌェーといなく。

（とどめは頼むぜ、コットンワン！）

（しくじるんじゃねぇぞ！）

いや、計算通りっぽい雰囲気だ。

（こちらコットンワン、突入を開始する！）

高空に陣取っていたバロメッツのエース、コットンワンは地上から伸びた黒綿糸の渦に上部から突入し、加速を開始した。

巨大な杭を身体に巻き付けながらも、バロメッツでも随一のバランス感覚と運動性を生かし、狭く暗い空の回廊を駆け抜けていく。

稲妻のように。

閃光のように。

――見えた。

コットンツー、コットンスリーが撃ち込んだ杭に動きを封じられたフェンリアがもがいている。

フェンリアを撃ち抜いた二本の杭の先端は黒綿花の糸の壁に潜り込んでいる。

糸の壁自体は薄いものだが、壁の外に突きだした先端部に大量の糸が絡みつき、杭とフェンリアをがっちりと固定していた。

コットンワンの接近に気付いたフェンリアは真上に向けて氷の槍を撃ち放つ。

霧氷の干渉も追いつかないようだ。勢いを失わず、砕けもせずに迫ってくる。

――それがどうした！

わずかに身体をひねり、氷の槍をかわす。

さらに加速する。

——据えもの斬りだ！　外しはしない！

もがくフェンリアの頭頂部を繊維の杭で捉え、撃ち貫く。

そのまま杭を切り離し、すり抜けた。

稲妻の速度を保ったまま糸の渦を駆け抜け、大地に降りたつ。

（大当たり《ジャックポット》だ）

ヌエー。

コットンワンはクールにいなく。

その頭上から、フェンリアの断末魔が追いかけて来た。


繊維の杭に頭を撃ち抜かれたフェンリアは、絶叫めいた咆哮をあげて形を失った。

黒綿花や霧氷の支援があったとはいえ、ルフィオたち七黒集と戦うためにやってきた七匹のフェンリアの一匹を葬り去る。

やっぱり相当ヤバイ魔物なんじゃないだろうか、こいつら。

そんなことも思いつつ、自爆させた身体から脱出してきたバロメッツのリーダーに手を伸ばし、着地させる。

「大丈夫か？」

（お気遣いなく）

（ちょろいもんだぜ）

（二度は御免だがな）

（まったくだぜ）

集まってきたバロメッツたちもヌエーヌエーと声をあげる。

残るフェンリアはルフィオが向かい合っている一匹のみ。

ルフィオは苦戦をしているというか、やりにくいようだ。

大けがはさせられていないが、毛皮をあちこち凍結させられていた。

「カルロ殿！」

「無事か？」

サヴォーカさんとロッソが飛んできた。

「おれは大丈夫だ。あとはルフィオだけなんだが」

「手こずっているようでありますね」

「奴らは対震天狼《バスターウルフ》用に作られているからな。イベル山での敗北から考え続けてきたのだろう。震天狼《バスターウルフ》を殺す方法を」

「なんとかできないか？」

「助太刀はできないであります」

サヴォーカさんが首を横に振る。

「ここで我々が手を出せば、ルフィオの名誉を傷つけることになるであります」

そうかもしれない。

七黒集の他のメンバーは一対一でフェンリアを倒している。

ここでルフィオだけ誰かの力を借りるとなると、ルフィオのプライドは傷つくだろう。

「……くそ」

ルフィオが負けたり、殺されたりするとは思わない。

霧氷や黒綿花の力は借りたが、バロメッツたちが倒せた相手だ。

ルフィオがやられるようなことはないとは思うが、見ていてどうにもはらはらする。

「……世話の焼ける」

ロッソはフン、と鼻を鳴らして呟いた。

「俺を着ろ」

赤マントだけの姿になったロッソがおれの肩に覆いかぶさってきた。

「どうするんだ?」

憑依するつもりのようだが、手は出せないはずだ。

「震天狼《バスターウルフ》が本気を出せるようにしてやる。バロメッツと黒綿花は冥層に降ろしておけ、巻き込まれて消し飛ばされんようにな」

「冥層に降ろす？」

「黒綿花やバロメッツが本来存在している世界であります。冥層に隠れておけと指示すれば、冥花たちが自分で降りていくでありますよ」

「わかった。悪いが、隠れててくれ」

（了解《ラジャー》、バロメッツ、全騎冥層潜行）

ネズミサイズのリーダーが声をあげる。

（あいよ）

（またあとでな）

（気をつけろよ）

バロメッツと黒綿花たちがすうっと姿を消した。

「霧氷殿は私の側に」

「わかった」

呼びかけに従い、霧氷はサヴォーカさんのそばへと飛んだ。

「ルフィオ」

おれに憑依したロッソが、おれの口を使ってルフィオに呼びかける。

「そろそろケリをつけてやれ。飼い主がはらはらしているぞ」

――また取りついてる。

無理矢理ではないようだが、またロッソがカルロに取り憑いていた。

憑依をされると、その後もカルロの身体にロッソの匂いが残るので好きではない。

「どうして、取りついてるの？」

繊維の杭を尻尾で巻いて、ルフィオはロッソに問いかける。

別に憑依が必要な場面ではないはずだ。

ロッソはカルロの鼻を「フン」と鳴らした。

「おまえがだらしないからだ。おまえがそれに手こずる様子に心配している。とっとと片付けてしまえ。余波は気にするな、カルロは俺が護ってやる」

――しんぱい？

心配してくれていた。

心配させてしまっていた。

嬉しいような、腹立たしいような、複雑な気分になったが、最終的には腹立たしいのが勝った。

カルロに心配をかけてしまった上、ロッソにしゃしゃり出て来られた。

カルロを心配させてしまったのは自分なのだから仕方がないのだが、腹が立つものは腹が立つ。

「……わかった」

ロッソの言う通り、フェンリアを片付けてしまうしかない。

ロッソが憑依した今なら、強い力を使ってもカルロを傷つける心配はない。

「やっつける、見てて」

最後のフェンリアに目を向けたまま、ルフィオは姿を変える。

「神化《でぃえふぃけいしょん》」

大狼の姿から、尻尾の生えた少女の姿に。

素裸ではなく、超高熱の光でできた輝く衣装を身につけている。

カルロが作ってルフィオに着せている衣装と同じ造りのものだ。

意識しないと形のないオーラ状に展開されるものを、意識してカルロの衣装の形にしていた。

人間的な羞恥心が目覚めたわけではないが、同じ身に纏うものなら、好きな形にしておきたい。

さらに大きな力を出すのなら、ここから大狼状態になればいいが、そこまでやったらやりすぎだ。

ロッソの防御があってもカルロを傷つけかねないのでやめておくことにした。

フェンリアを消し去るだけなら、少女の姿で充分だ。

少女の周囲に、熱風が吹きすさぶ。

放り出された繊維の杭が蒸発して消え失せる。

現在の高度は地上から百メートルほどだが、周囲数百メートルの雪が一瞬で溶け、蒸発する。さらにその外周部の雪も溶け崩れ、沸騰していく。

大地が赤熱し、泡立っていく。

「覚悟して」

拳を握り、そう告げる。

押し寄せる熱風に熱操作で耐えつつ、フェンリアは叫ぶように言った。

「……一体何だ、その力は。おまえは、いったい何者だ」

「知らない」

震天狼《バスターウルフ》と呼ばれてはいるが、自分でもよくわからない。

先代の魔王でもある魔王妃ミルカーシュ曰く、『神代の創世伝説に関わる何か』らしいが、それも
結局、何か止まりだ。

正確なところは何もわからない。

特に気にしてもいなかった。

知らなくても困らないし、知らなくても、毎日は楽しい。

「終わり」

右手に熱を収束。

虚空を蹴り、ルフィオは加速した。

震天狼《バスターウルフ》が少女の姿を取った時点で、フェンリアに打つ手はなくなった。

鉄を容易に焼き溶かすほどの熱量が、一帯を完全に支配している。

冷気を放つことも、氷の槍を作ることもできない。

フェンリア自身の溶解を押しとどめようとするだけで精一杯だった。

だがそれも、悪あがきでしかなかった。

光を纏った震天狼《バスターウルフ》が踏み込んできたときには、フェンリアの半身は既に溶け落ちていた。

なすすべなどない。

熱操作で対応するには、あまりにも膨大すぎる熱量だった。

存在するだけで、全てを焼滅させる灼熱。

フェンリアの正面に踏み込んだ震天狼《バスターウルフ》は、無造作に掌を突き出す。

その掌から、熱波が放たれる。

一瞬とさえ言えぬ刹那に、それはフェンリアを破砕し、蒸発させる。

さらにその後方の数十キロに渡る雪原を吹き飛ばし、地表を焼き溶かしていった。

最後のフェンリアは一撃で蒸発、その後方の雪原が数十キロに渡ってなぎ払われ、消し飛んだ。

ついでに地面もアーチ状に削れて溶けている。

『本気出してなかったのか、あいつ』

心中でそう呟いたおれに、ロッソはおれの声で答える。

「震天狼《バスターウルフ》は破壊と創造の獣だ。天地を揺るがし、大地を焼き尽くし、新たな大地を創り出す。土地によっては創世の神話、国生みの伝説に語られる。下手に力を振るえば、敵より先におまえが余波で死ぬ」

まぁ、確かに死にそうだ。

今はロッソが護ってくれてるからいいが、ルフィオの近くの地面は溶けて泡立っている。

地面に立っててそうなるならともかく、地上百メートルほどの高さに浮いていてその有様だ。

ロッソが護ってくれていなければ、今頃おれは火だるまか焼死体、あるいは灰になってそのへんに飛び散っているだろう。

「いい機会だ。覚えておけ」

ロッソは言った。

「おまえが手懐けた震天狼《バスターウルフ》が、どういうものであるのか」

氷の森を巡る一連の騒動は、そうして決着を見た。

南端の島の森だけを残し、氷の森が消滅するという形で。

緊急停止コードを打ち込まれ、氷人の絶滅を知った氷の森が狂乱、暴走し、自滅したという部分が大きいが、それにしても大事になったものだ。

ブレン王国のみならず、タバール大陸のあらゆる生物を脅かし、圧迫しつづけていた氷の森が消え去って、馬鹿でかい空白地ができた。

単純にめでたしめでたし、とは行かないだろう。

馬鹿でかい空白地ができる。

馬鹿でかい利権ができる。

人間同士、国同士や貴族同士などの覇権争いが起きる未来しか想像できない。

どうなるんだ。これから？

そんな思いが脳裏を横切る。

そんな情勢を作りだした原因のひとつが、光の衣を纏った少女の姿から金色の狼の姿へと戻ってやって来る。

「おわった。かえろう、カルロ」

なんの感傷も、感慨もなさそうな声。

いつもの通り屈託ゼロ、でもなさそうなのは、ロッソが憑依しているせいだろう。

あっちいけ、と言いたそうな雰囲気だった。

ビサイドに戻ったおれは、そのままベッドに入り、気を失うように眠り込んだ。

おれ自身がフェンリアと戦ったわけじゃないが、おれはただの人間だ。

さすがにくたびれ果てていた。

眠り込んだのは夜明け前、目が覚めたのは夕方頃。

布団とは別に、温かく、柔らかいものが身体に絡みつき、もぞもぞしているのを感じた。

だれかはわかるが、何をやっているのかはわからない。

「何やってんだ、おまえ」

視線を下ろすと、いつもどおりルフィオが裸で布団に潜り込んでいた。

ただ、くっつき方が普段と違う。

いつもは寝床に潜り込んでくるといっても、あまりくっつきすぎるとルフィオも寝苦しいようで、そうきつく密着はしてこないんだが、今回はおれの身体にぴったりくっついて、顔を胸に乗せていた。

裸の胸はおれの腹、薄い腹はおれの下腹部あたりに触れている。

普段より危険度の高い体勢だ。

顔をあげたルフィオはいつもの顔で「おはよう」と、尻尾を振る。

「おはよう。何やってんだ？」

もう一度問い直す。

「においづけ」

「なんだそれ」

狼の姿の時は、身体をこすりつけてマーキングをしにくることはあるが、少女の姿でそういうことをしてくるのはめずらしい。

「ロッソのにおいがついてる」

それか。

マント状態のロッソを身につけ、憑依させたときの匂いが気に入らないってことだろう。

「そんなに気になるか？」

いくらか汗臭いかも知れないが、ロッソの匂いとなるとよくわからない。

「うん」と応じたあと、ルフィオは小さく舌を出す。

「なめていい？」

「どこを？」

「ぜんぶ」

「勘弁してくれ」

この体勢でそこまで受け容れてしまうのはまずい。

本当にとりかえしのつかないことになりかねない。

今でも充分とりかえしがつかないといえばそれまでだが。

氷の森の消失から間もなく、ブレン新王クロウは赤マントの魔物ロッソから氷の森消失の顛末を知らされた。

「なるほど」

まずは、ありがたいと思うべきだろう。

毎年何千人の規模で出ていた凍死者は、これでいなくなる。

氷の森の消失によって生じる諸国との利権争い、利権を求める国内貴族たちの突き上げなどを思うと、今からうんざりするが、まずは素直に喜ぶべきだ。

氷の森の北上に対し、じり貧のまま場当たりの対応を続けていた今までに比べれば、ずっとましな状況だろう。

「感謝する。君たちのおかげで、未来に希望を持てるようになった」

「氷の森の時代が、人の争いの時代になるだけかもしれんがな」

ロッソは冷めた口調で言った。

「それを思うと、今から胃が痛いがね」

クロウは自分の腹を撫でた。

「今後のアスガルの方針を聞くことはできるか？」

「タバール大陸南端に氷霊樹の森が残った島があるが、そこは我々の保護下に置いている。そこにだけは手を出すな。あとは好きにしろ、開拓をしてもいいし、利権を巡って血を流すのも自由だ。我々は干渉しない」

「南端っていうとどれくらいの距離になる？」

「二千キロ程度だ」

「俺が生きているうちには、そこまで南進はできないだろうな」

さすがに遠すぎる。

「子孫に伝えておくことだ。手を出せば、おまえの血族でも容赦はしない」

「わかった」

クロウは首肯した。

「それと、あの件だが、カルロには伝えてくれたか？」

「この国に戻れという件か？」

「大分ニュアンスが違うが。まぁそうなるかね、一応」

「伝えはしたがな。カルロはこの国には戻らない。この国に戻すには、カルロのところには、いろいろなものが集まりすぎた。もはや、人間の世界に置いておける存在ではない」

「魔物も同然だと？」

「人の目から見れば、そうなるはずだ」

ロッソは淡々と言った。

「人の世界にいては、いずれ排斥されることになる。カルロを受け入れ、護ってやれる場所は、アスガルの他にない」


氷の森は消滅したが、島の森の氷霊樹はまだ残っている。

『半分の月』もそのままだ。

『半分の月』は、氷霊樹たちの主人だった氷人たちの墓標のようなものである。

妙な人間と接触して墓荒らしのようなことをされるとまずいということで『半分の月』は島の森へ空輸された。

これから先の氷霊樹、そして氷獣たちの役割は、搬送された『半分の月』の墓守が主となる。

島の森の代行者《エージェント》である氷鳥、霧氷は島には残らず、アスガルの王都ビサイドに居着いている。

今となっては大した害はないということで、以前ランダルたちが引っこ抜いてきた氷霊樹をリザードテイルのそばに移植しているんだが、そこを拠点に動き回って情報や知見を集め「今後の生存戦略」の検討を重ねていた。

ルフィオはリザードテイルを巣、あるいは自宅と認定したらしく、入り浸りを通り越した生活が今も続いている。

魔騎士団からルフィオあての連絡やら通達とかも普通におれのところに来る。

おれに伝えたほうが間違いがないと思われているらしい。

ロッソも入り浸り状態で、気が付くといつの間にか書斎で本を読んでいたり、倉庫に妙な素材や道具を運び込んだり料理をしたりしている。

ルフィオとは縄張りがかぶった状態になっているようで、いつも微妙な雰囲気だが。

単純に良く来るのがサヴォーカさんで、普通に服作りの仕事をさせてもらっている。

冷やかしに来るのがランダルで、特に用もなさそうだが、暇なときにふらっと顔を出していく。

アルビス、ムーサさん、D《ディー》とは今のところ仕事レベルの付き合いにとどまっていて、プライベートの接点はない。

アルビスの奥さんというか、先代魔王であり魔王妃のミルカーシュ王妃がたまにやってくるくらいだ。

例の「魔騎士団の裁縫係」という打診については「受ける」という回答を出しているが、月度の関係とやらで今はまだ無職、もしくはフリーの裁縫屋の立場である。

エピローグ

氷の森の消滅より二ヶ月が過ぎた頃。

ブレン王国の新王クロウはスルド村、レイナー村を含む王国南部山岳域の領主、ザンドール男爵の捕縛を命じた。

ザンドール男爵はゴメル統治官ナスカ、ドルカス親子が主導したイベル山開拓計画に積極的に参加。その後の王太子ブラードンによる関係者処刑の時には夫役の参加者を真っ先に駆り集めて差し出した。レイナー村の吸血鬼事件についても、修道士ヘルマン、修道女ニムリアらの訴えを無視し続けて大惨事に発展させかけるなど、問題の多い人物である。

とはいえイベル山開拓事業への参加、夫役の参加者の捕縛についてはブレン王国の命に従っただけでもある。明確な不始末と言えるのは吸血鬼事件での不行き届きのみ、処分としては所領の削減程度が妥当と思われた。

それが捕縛という決定に至った発端は、クロウがゴメルでさらし者にされていた頃、ごろつきたちが修道女ニムリアに絡んだことだった。

ゴメル出身の裁縫師カルロからゴメルには誘拐、人身売買を生業にする輩《やから》がいると聞いていたクロウはニムリアに絡んだごろつきたちが誘拐を目的にしていたのではないかとにらみ、反乱成功後に調査を命じた。

クロウが睨んだとおり、ニムリアに狼藉を働こうとしたごろつきたちはゴメルの誘拐・人身売買組織に関わっていた。

こうしてゴメルの誘拐・人身売買組織は壊滅したのだが、この組織との間に一部の貴族が接点を持ち、若い女、少女などを奴隷として購入していたことが判明した。

ここで浮かび上がったのが、ザンドール男爵の名前だった。

腐敗ぶりで知られるブレン王国だが、奴隷制度はない。

まして犯罪組織が誘拐した子女の購入となれば議論の余地のない大罪である。

新王クロウは腹心である親衛隊長デンゼルにザンドール男爵の捕縛を命じた。

一方、人身売買組織の壊滅が自身の破滅の始まりと悟ったザンドール男爵は先手を打って財産をかき集め、一族と共に国外への逃走をはかった。

だが、ザンドール男爵を追って動き出したデンゼルの動きもまた迅速だった。

街道を封鎖され、脱出経路を潰されたザンドール男爵は山越えでの国境越えを余儀なくされた。

そして、事故が起きた。

山道に馬車馬の悲鳴が響いた。

木の根に車輪を取られた荷馬車が横転し、御者や馬車馬もろとも斜面を滑落していく。

屋敷から運び出した金品や衣装などをぶちまけた荷馬車は二十メートルほどの距離を滑落し、放り出された御者を下敷きにして止まった。

首が折れた御者には既に息がなく、馬も足の骨が折れ、動けなくなっていた。

――なんということだ。

ザンドール男爵は自らの悲運を呪いつつ、一族の男たちに荷馬車の引き上げを指示した。

不幸中の幸いは、馬車そのもののダメージはそう大きくないことだ。

逃亡中に馬が潰れて立ち往生することがないよう、予備の馬車馬は用意してある。

馬車と積み荷を回収できれば、移動を再開できるだろう。

一族の男たちが馬車の引き上げに取りかかろうとする。

そこに、声が飛んできた。

「おおーい!」

「だいじょうぶかー?」

近隣の村落の住人のようだ。

馬のいななきや馬車が横転する音を聞きつけて様子を見に来たのだろう。

「いかがいたしますか?」

執事のサルバンが剣の柄に手を触れた。

「今は手を出すな」と告げたザンドール男爵は、自ら声をあげて男たちに応じた。

「近くの村の者か? 私はザンドール男爵。パガール王国に嫁いだ妹の見舞いに出向く道中だ」

いかにも貴族然としたザンドール男爵一行である。下手に正体を隠してもかえって怪しまれる。デンゼルの手がまだ回っていないことに賭けた。

「は、はい! 近くのスルド村の者でございます」

男たちは慌てた様子で跪いた。

「では、村の者を集めよ。馬車の引き上げに手を貸すのだ」

スルド村にはまだデンゼルの手が回っていないようだ。男たちは従順に「少々お待ちを」と応じると、十人ほどの男を連れて村から戻ってきた。

「男たちは村にいるのか?」

思ったより早く人手が集まってきた。

「はい、今日は朝から村総出で羊の毛の刈り取りをしております」

村の代表者である長老のボンドという男が答えた。

「ふむ」

村総出。

集落を離れている住人はいないということだ。

――好都合だな。

スルド村は人口五十人ほどの小集落。ザンドール男爵家の郎党だけでも、皆殺しにして口を封じるのは難しくないはずだ。

「はじめろ」

引き上げの号令を出したザンドール男爵は、村人の中に妙な人影が混じっていることに気付いた。

金色の髪に青い瞳、妖精めいた雰囲気の美少女だった。

上質そうな白い布地を使ったワンピースのような衣装を身につけている。

スルド村のような山村には不似合いな、信じがたいほどの美しさ。

連れらしい銀色の髪の若者に、じゃれつくように寄り添っている。

少女の腰から伸びる尻尾は魔術で隠蔽されており、ザンドール男爵の目では認識できなかった。

「あの娘は?」

ボンドに問いかける。

「毛綿の買い付けに来た行商人の連れでございます」

「そうか」

ザンドール男爵の中で、獣めいた欲望がうずきだす。

人身売買の咎で手配を受けているザンドール男爵が好んで買い、弄んでいたのは、ちょうどあの年頃の娘たちだった。

スルド村の村人たちと、ザンドール男爵家の男たちが馬車にロープをかけ、引き上げはじめる。

その一方で、奇妙な少女は山肌に倒れ込んだ馬車馬に歩み寄り、その近くにしゃがみこんでいた。

足の骨を折り、立ち上がれなくなっていた馬だ。

放っておくしかないと思っていた馬だが、不可解なことが起きた。

男達が馬車を引き上げるのとほぼ同時に、馬車馬は少女とともに山道に戻ってきた。

——どういうことだ？

へし折れ、骨が覗いていた足が綺麗になっていた。

——治癒魔法？

馬車の引き上げが行われている間、少女はずっと馬車馬の側にいた。

あの少女が何らかの魔法の類を使い、馬車馬の足を治したということだろうか。

信じがたい話だが、他に解釈のしようがなかった。

——手に入れなければ。

骨折を即治癒できる魔法となると、使い手は極めて少ない。

たとえ思い違いであったにしても、あの美しさだけで充分以上の価値がある。

ザンドール男爵の中で湧き上がった欲望が、さらに熱量を増す。

回復した馬を馬車につなぎ直したザンドール男爵一行は「休憩を取りたい」という名目でスルド村の広場に入った。

馬車から顔を出したザンドール男爵は、執事のサルバンに囁いた。

「あの娘は生かして捕らえよ。あとは皆殺しで良い」

スルド村の住人は、皆殺しにする必要がある。

ザンドール男爵一行の仕業と見なされる可能性も高いが、それでもはっきりと「山道でザンドール男爵一行を見た」と証言をされるよりはましである。

広場で馬車を止めたザンドール男爵一行は剣に手を掛ける。

馬車を包囲している黒い子羊たちの存在に気付かぬままに。

(各騎、警戒を怠るな)

銀髪の若者の肩の上で、一匹の子羊が鋭く鳴いていた。


スルド村にザンドール男爵一行がやってきた日。

おれとルフィオ、商人タイタスに変装したサヴォーカさん、バロメッツたちもスルド村を訪れていた。

エルバとルルの様子見、それと仕事で使う羊毛の買い付けが目的だったのだが、少々間が悪かったらしい。スルド村は村総出の羊の毛刈りで大騒ぎの最中だった。

エルバもウェンディも大忙しで、ヒマなのは埃を吸うと咳き込んでしまうルルくらいのものだった。

仕方がないので、ルルと一緒に毛刈りが一段落するのを待つことにした。

エルバの家近くの石段に腰を下ろしたルルの手には、バロメッツが一匹捕まえられている。

普通ならバロメッツは人間の目には見えないはずだが、どうもルフィオの魔力を入れた布団やらマフラーやらに触れていたせいで、バロメッツが見えるようになったらしい。

おれが連れていたバロメッツに気付いて関心を示し、「おいでおいで」と手招きをした。

(何か用かい?)

一匹がルルの頭の上に着陸すると、そのまま捕まえられてしまっていた。

(妙なことになったもんだ)

少し弱ったようにヌエーと鳴くバロメッツだが、逃げ出してしまうのも悪いと思ったようだ。そのままルルの手に収まっている。

(いい女じゃねぇか、コットンワン)

(隅に置けねぇな)

近くに浮かんだ二匹のバロメッツが、はやし立てるようにヌエヌエと鳴いていた。

山道の方角から馬の悲鳴が聞こえたのは、そんな時だった。

「なんだ?」

「事故のようでありますね」

タイタスに扮したサヴォーカさんが言った。

「見てくる?」

ルフィオがおれを見上げた。

「いや、あんまりうろちょろしないほうがいい」

なじみの土地ではあるが、おれたちは余所者だ。動き回って村の衆の邪魔になっても良くない。

やがてエルバを含めた村の男が様子を見に出て行った。

戻って来たエルバが教えてくれたところによると「ご領主様の馬車が山道から滑り落ちた。引き上げるのに男衆を出せと言われた」とのことだった。

スルド村の領主というと、ザンドール男爵。例の吸血鬼《ヴァンパイア》事件でも聞いた名前だ。

イメージのいい領主じゃないが、知らん顔というのも良くないだろう。「手伝おうか」と申し出たおれは、近くにいた三匹のバロメッツにルルの相手を頼んで山道に出た。


(あらよっと！　全くとんだ重大任務だぜ)

ルルの前で曲芸飛行を披露しながら、コットンツーはそうこぼした。

(調子に乗って近くを飛び回っているからだ)

ルルの手の中のコットンワンはにやりとして応じる。

普段は総司令《コマンダー》カルロの側に居ることの多いコットンワン、コットンツー、コットンスリーの三騎は、今回はそろってルルの側で留守番を命じられることになった。

(えらいことに巻き込まれた)と悲鳴を上げたコットンツーとコットンスリーだが、まぁ今回は出番もあるまいと、素直にルルになで回されたり曲芸飛行を披露したりしつつカルロたちの帰還を待っていた。

そこに、物騒な通信が飛んできた。

(コットンリーダーよりコットンワン、コットンツー、コットンスリーへ。山道に居た領主の馬車だが、良くない了見を持っているようだ。この村の住人を皆殺しにするつもりでいる)

(穏やかじゃないな)

コットンワンは短く鳴いた。

(対応はこちらで行う。おまえたちはそのままエスコートを続けてくれ)

(了解《ラジャー》)

(妙なことになってきやがったな。どうする?)

ルルの肩に乗ったコットンスリーがヌェイと鳴いた。

(どうもせんさ)

ルルの膝に抱かれたまま、コットンワンはクールに応じる。

(俺たちの任務は彼女のエスコートだ。このままでいい。何か動きがあるまではな)

(動きがあったら?)

空中のコットンツーが問う。

(近づけるな。怖がらせるな。貴族だか山賊だか知らないが、彼女の視界に入る前に全部潰せ)

「両手を頭の後ろで組んで跪け！」

スルド村の広場に入るなりそう吼えたのは、ザンドール男爵の側に控えていたサルバンという名の執事だった。歳は四十前後。執事服より軍服のほうがよく似合いそうな屈強な大男だ。

馬車に随行していた二十人ほどの男たちが一斉に剣を抜く。

悪巧みというか、皆殺し云々と物騒な指示をしていたことは、商人タイタスに扮したサヴォーカさんが教えてくれていたので、そう驚きはしなかった。

バロメッツたちも既に臨戦態勢でザンドール男爵の馬車を包囲している。

ざわめくスルド村の住人たち。

「どういうことでございましょう？」

長老ボンドが前に歩み出て問いかけた。

「黙って跪け！」

サルバンは大股でボンドに歩み寄り、剣を振り上げる。

バロメッツに救助を指示しようとしたが、それより先に、一人の男が動いた。

正確に言うと、魔法のケープでタイタスという商人を装ったサヴォーカさんだが。

幻のようにサルバンの前に現れた商人タイタスは静かな口調で言った。

「狼藉はやめるであります」

少女の声じゃなく、魔法のケープで変換された男の声だ。

「邪魔だ！」

サルバンは剣を振り下ろす。堂に入った剣さばきだが、さすがに相手が悪すぎた。

サルバンの一刀を、サヴォーカさんは裸の右手で掴んで止めた。

吸血羊の手袋を外している。サヴォーカさんは死と風化の力を持つ魔物だ。その手にとらわれたサルバンの長剣はみるみるうちに赤く錆び、痩せ、へし折れた。

「……なっ……」

サルバンは顔を青ざめさせ、後ずさる。

「……き、貴様！　何者だ！」

「行商人のタイタス。羊毛の買い付けのため、ここにお邪魔しているであります。いかなる仔細があって、この村に乱暴を働こうというのでありますか？　正当な理由があるというなら、お聞かせ願いたいであります」

「だ、黙れ！　やれ！　切り捨てろっ！」

サルバンの叫びを受け、男たちが動き出す。

「バロメッツを」

サヴォーカさんがおれにそう告げた。

その言葉を受け、肩の上のリーダーに囁く。

「できるだけ生け捕りにしてくれ」

（心得ました。バロメッツ各騎、交戦を許可する。毛綿針《ウォートホッグ》、誘導綿《スピットファイア》の使用は最低限に控え、生かして捕らえろ）

（了解《ラジャー》！）

八四体のバロメッツが動き出し、空中から男たちに体当たりをしかけていく。

ふわふわした毛綿の体当たりではあるが、真上から加速しながら仕掛ける超高速の急降下攻撃だ。強烈なビンタを喰らうくらいの威力はあるようだ。

姿もなく、息つく間もなく襲いかかってくるバロメッツの猛攻の前に男たちは一人、またひとりとダウンさせられていく。

（うわっ！）

（コットンイレブンが井戸にはまった！）

（またあいつか！）

勢い余って広場の井戸にはまり、他のバロメッツたちに引き上げられてるやつもいたが、まぁ些細なことだろう。

「手伝う？」

ルフィオが言った。

「いや、大丈夫だ」

サヴォーカさんやロッソから「ルフィオは人と戦わせるな」と言われている。

人間みたいなもろい生き物が相手だと、手加減が難しいそうだ。

一撃で頭蓋を消し飛ばしたり、上半身と下半身をうっかり分断したりしかねない。

「ちぎっては投げ」を通り越して「ちぎってしまう」ことになるらしい。

山賊も同然とはいえ、一応は貴族が相手だ。生け捕りにして新王陛下の裁断をあおぐのが無難だろう。

サヴォーカさんは吸血羊の手袋をはめ直し、男たちを次々とたたき伏せていく。

武器を腐食させられたサルバンは、近くに転がった長剣を拾い上げると、化鳥めいた声をあげて斬りかかる。

だが、七黒集の一角であるサヴォーカさんを、人間にどうにかできるはずもない。

淡々と繰り出された拳の一撃で顎を砕かれ、盛大に吹っ飛ばされて動かなくなった。

最後は、馬車の中のザンドール男爵一人。

こそこそ馬車を抜け出し、逃げだそうとしていたようだが、

(逃がすかよっ!)

(観念しな!)

超高空から降ってきた二匹のバロメッツの突撃を受け、あっけなくダウンさせられた。

というか、ルルの相手を任せた三匹の内二匹だ。

放り出してきたんじゃないだろうな。

サヴォーカさんは息をつき、村人たちを見渡す。

「お怪我はないでありますか？」

そう問いかけたサヴォーカさん、あるいは商人タイタスを見返したボンドやエルバたちは、地面にのされているザンドール男爵一行、風化させられた長剣などを目を丸くして見つめた。

しばらくの沈黙の後、

「ははぁーっ！」

長老のボンドを皮切りに、村人たちは次々その場に跪き始めた。

「……ど、どうなさったのでありますか？」

戸惑い気味に訊ねるサヴォーカさん。

長老ボンドはサヴォーカさんを拝むように両手を組み、恭しい調子で言った。

「これまでの非礼をお許しください。賢者タイタス様。タイタス様が偉大な賢者様であらせられるとはつゆ知らず」

「けんじゃ？」

ルフィオが小首を傾げた。

「……そうなったか」

盛大な誤解が生じたようだ。

ブレン王国を含めたタバール大陸中央部には古くから賢者伝説があり、優秀な魔術師や錬金術師を賢者と呼んで尊ぶ土地柄だ。

王都ベルトゥにある魔法学校も賢者学院なんて名前になってて、成績優秀者には賢者もどきの賢士なんて称号を与えている。

サヴォーカさんがサルバンの長剣を風化させたり、目に見えないバロメッツたちが空中から男たちを叩きのめしたりしたことを『賢者様のお力』と理解、あるいは誤解したらしい。ルフィオが馬車馬の骨折を治してやっていたのも『賢者様のお力』の一つにカウントされているかも知れない。

大分珍妙なことになってきたが、アスガルの魔物だとか、死神《グリムリーパー》という正体を明かすわけにもいかないし、得体の知れない怪人として忌避されるよりはましと判断したようだ。サヴォーカさんは困り顔をしながらも、あえて誤解は正さなかった。


ザンドール男爵たちをきちんと縛り上げた後、おれはエルバやルフィオと共にルルのところに戻った。

だが、家の玄関先にも、家の中にも、ルルの姿はなかった。

「どこいった？」

「あっちみたい」

ルフィオが言った。

ルフィオの先導で村を少し外れた牧草地に出る。

ルルは一匹のバロメッツを抱きかかえ、木陰で寝息を立てていた。

「なんでこんなところで寝てるんだ？」

エルバが怪訝そうに呟く。

平和で幸せそうな寝顔だ。争いの気配に怯えたりせずに済んだのは良いことではあるんだろうが。

（終わったようだな）

ルルに抱かれたままのバロメッツが、クールなトーンでヌエーと鳴いた。

（騒々しくなりそうだったんでな。落ち着けるところに移らせたのさ）

何を言ってるのかはわからないが、どうもこいつが誘導したようだ。

いいんだが、どうしてこいつはこう、妙にキザな雰囲気を漂わせているんだろうか。


縛り上げられたザンドール男爵は、馬車の中で目を覚ました。

まだスルド村の中のようだ。毛刈りの最中だった羊の声と匂いがする。

口には猿ぐつわをかまされている。

どうにか縄目を抜け出そうともがいていると、馬車に黒いケープの人影が入って来た。

タイタス。

行商人を名乗り、ザンドール男爵一行を叩き潰した得体の知れない男だ。

目を見開くザンドール男爵の前で、タイタスはケープのフードを降ろした。

タイタスの姿が変わった。

商人風の風体の中年男の姿から、息を呑むような美貌の少女に。

こちらのほうが本性、本質なのだろう。ザンドール男爵は直感的にそう理解した。

容姿そのものはザンドール男爵好みの美少女だが、深い泥沼に沈んでいくような畏怖を感じた。

人間ではない。

人間より、遙かに強大なもの、絶望的とも言うべき力を持った存在であると、本能が告げていた。

「お聞かせ願いたいであります」

事務的な調子でそう告げて、少女はザンドール男爵の猿ぐつわを外した。

「何故、このような凶行を企てたのでありますか?」

答えれば、追っ手に引き渡されることになるだろう。

だが、答えなければ、何をされるかさえわからない。

躊躇するザンドール男爵を見下ろした少女は「仕方がないであります」とつぶやき、右手の親指と人差し指で細い棒を転がすような仕草をした。

少女の手元の空気が、わずかに揺らいだように見えた。

――何をする気だ。

不穏な気配に怯えるザンドール男爵を見下ろして、少女は淡々と言った。

「滑舌蘭《かつぜつらん》。この世界とは少しずれた位相にある冥層という世界に咲く冥花の一種であります」

少女の手の中に、黒い茎と白い花弁の蘭に似た花が現れる。

「花粉が体に入ると、しばらくの間、思ったことを思ったまま口にするようになるであります。生物的には無害でありますゆえ、ご安心いただきたいであります」

その美しく、不気味な花を、少女はザンドール男爵の胸ポケットに差し入れる。

冷たく、甘い匂いが鼻腔から入り込み、脳髄へとしみこんだ。


ザンドール男爵の馬車から賢者タイタス……じゃない、サヴォーカさんが出てきた。

ケープで姿を変えているから、タイタスのほうの顔だが。

「聞き出せたであります」

サヴォーカさんは静かに言った。

「人身売買をする組織から年端の行かぬ娘を買いあさっていた咎で、ブレン王国の司直に追われていたようであります。山向こうのパガール王国への逃亡を企てていて、目撃者を消す目的で、今回の凶行を企てたようであります」

「年端のいかぬ娘、ですか」

ルフィオに妙な目を向けていたのはそのせいだろうか。

人間の欲望には興味がないのか、ルフィオ自身は特に気に留めていなかったようだが、少し薄着をさせすぎていたかも知れない。

「なに？」

おれの視線に気付いたらしい。ルフィオは不思議そうに尻尾を揺らしたあと、どういうわけか抱きついてきた。


その日の夕暮れ。

ザンドール男爵を追跡していた親衛隊長デンゼルは目撃証言を得て、スルド村へ続く山道に向かった。

ザンドール男爵一行は、その山道の入り口近くで見つかった。

馬車の側に縛り上げられたザンドール男爵とその郎党が座らされ、一人の若者と二人の少女が近くに立っている。

――何者だ。

デンゼルは勘働きがよい。

少女ふたりの異常性に、すぐに気付いた。

明らかに、人とは異質の気配を持っている。

もう一人の若者については、判断が難しかった。

少女二人ほど隔絶した気配はないが、自分や、足もとのザンドール男爵たちと同じ人間かと言われれば

ると、やはり何かが違う。

「全員下馬。抜剣はせず待機しろ」

不用意に刺激するべきでない。

馬を下り、部下達を待機させたデンゼルは一人で馬車に歩み寄った。

「私はブレン王国親衛隊のデンゼル。ブレン王クロウ陛下より、そこにいるザンドール男爵の捕縛を命じられている」

「おつとめご苦労様であります」

黒髪の少女が軍人めいた口調で応じた。

「お引き渡しするであります。山の上のスルドという村で、狼藉を働こうとしたところを取り押さえたのでありますが、勝手に処断をするわけにもいかず、ここでデンゼル殿がおいでになるのをお待ちしていたのであります」

「ご協力感謝します。お差し支えなければ、お名前をおうかがいしても？　アスガルの方とお見受けしましたが」

魔物だな？　と確認したようなものだが、黒髪の少女は特に気にした風もなく「はい」とうなずいた。

「アスガル魔王国のサヴォーカであります。こちらは同郷のルフィオ」

黒髪の少女は金髪の少女を示した。

金髪の少女のほうはデンゼルたちにもザンドール男爵一行にも興味がないらしい。

銀色の髪の若者の腰に両手を回し、その体に寄り添っていた。

飼い主に甘える犬を思わせた。

――犬の魔物か？

当たらずとも遠からずの発想がデンゼルの脳裏を横切る。

続いて銀髪の若者が、金髪の少女に「挨拶するから少し離れてくれ」と告げ、その名を名乗った。

「カルロと言います」

覚えのある名前だ。

「古着屋カルロか。国王陛下より聞いた名だ」

新王クロウから聞かされている。

魔物に愛され、魔物に護られる、奇妙な裁縫師。

氷の森を消滅に追い込んだ主要因というべき存在。

ある意味では、ブレン王国救国の英雄、あるいはタバール大陸の救世主と言ってもいい存在でもある。

「陛下が自分のことを？」

「ああ、よく聞かされていた。できるならば、手元に欲しかったと」

デンゼルがそう答えた時、金髪の少女ルフィオがぴくりと反応した。

青い目が、すっと細められる。

デンゼルの背筋に、悪寒が走った。

何がまずかったのかは不明だが、ルフィオという魔物の逆鱗に触れる言葉を口にしてしまったようだ。

――失言だったか。

剣呑な気配を放ち始めたルフィオに目を向け、カルロは小さくため息をつく。

「威嚇するな。おれを連れてくって話じゃない」

唸る犬をなだめるように言い、カルロは少女の頬を軽く撫でた。

危険な気配はそれで消えたが、警戒されたようだ。

少女は再び、カルロにぴったりくっつくように寄り添った。

「申し訳ありません。こうなるとしばらくは……」

離れないということだろう。

「いや、迂闊なことを言ったようだ」

魔物に愛されていると言うのは冗談ごとではないらしい。

迂闊に「欲しい」などと口にすると、厄介なことになるようだ。

「君は、アスガルで暮らしているのか？」

「はい」

うなずいたカルロは何かを確認するようにサヴォーカに視線を向けた。

「カルロ殿の所属と肩書き程度であれば、問題ないであります」

「ありがとうございます」

カルロは再度デンゼルに目を向けた。

「今は、アスガル魔王国の魔騎士団に所属しています。アスガル魔騎士団裁縫係」

魔騎士団の裁縫係。

真面目なのかふざけているのか、わからない肩書きだ。

金髪の少女の魔物が、釘を刺すようにこう付け加える。

「魔物の国の《わたしたち》の、裁縫係」

だから、絶対手を出すな。

その声は、そんな響きを帯びていた。

《了》

特別収録　巨人の呪いとネズミの執刀医

それはルフィオがカルロに出会う前のこと。

ルフィオは霧の中にいた。

灰色の霧の中、大狼姿で大きく息を吸う。

金色の毛並みが白熱、発光し、周囲に熱風が渦巻いていく。

「さがって！」

ルフィオがその声を投げかけたのは身長十五メートルにも達する女の炎巨人《ムスペル》の背中。

長い黒髪、赤熱する刀身の大太刀を携え、東方風の着物《キモノ》を身に付けた巨人の剣士だ。

身体は大きいが歳は若い、人間でいうと一七、八くらいの年頃の娘だ。

女炎巨人《ムスペル》の前方には、灰色の霧が寄り集まって出来た奇怪な巨人の姿がある。

大狼姿のルフィオや女炎巨人《ムスペル》をさらに見下ろす巨影。

霧巨人《ニヴル》。

アスガル魔王国南端、炎巨人自治区《ムスペルヘイム》に出現し、炎巨人自治区《ムスペルヘイム》全域を灰色の霧で覆った超大型の怪物だ。

霧巨人《ニヴル》は霧の身体のあちこちから巨大なハチ、アブ、トンボなどに似た怪蟲《かいちゅう》の群を放ち、ルフィオと女炎巨人《ムスペル》へとけしかける。

一匹一匹がルフィオや女炎巨人《ムスペル》と同サイズの怪蟲の群。女炎巨人《ムスペル》は赤熱する大太刀を縦横に操り、そして手から紅蓮の炎を放って、それを灰燼に変えていく。

「今じゃ！」

貴人風の口調で告げて、女炎巨人《ムスペル》は真横に跳んだ。

そこに呼吸を合わせ、震天狼《バスターウルフ》は熱線を放つ。

衝撃波を撒き散らし、灼熱の渦を起こして飛んだ熱線は霧巨人《ニヴル》の腹部に突き刺さり、炸裂した。

太陽を思わせる光球と閃光が生じ、霧巨人《ニヴル》の巨影を周囲の霧もろとも焼き払い、消し飛ばす。

霧が晴れ、空から陽の光が差した。

「……やったかの？」

女炎巨人《ムスペル》の呟きに、ルフィオは「だめ」と応じた。

「やっつけきれなかった」

大きなダメージは与えた。悪さは当分できまいが、手応えが怪しかった。

時間が経てばまた現れるだろう。

「わたしじゃだめみたい」

完全に倒しきろうとすれば、サヴォーカやアルビス、またはD《ディー》あたりの能力が必要だろう。

「左様か」

女炎巨人《ムスペル》は炎の大太刀を鞘に収める。

「とはいえ、まずは霧を払うことができた。今はそれでよしとしよう」

鷹揚に告げた女炎巨人《ムスペル》の声に、ルフィオも尻尾を下ろして力を抜いた。

「どういたしまして」


と、そんなことがあったらしい。

魔物の国アスガルは多種族国家。

アスガル大陸南端にある炎巨人自治区《ムスペルヘイム》はその名の通り炎を操る炎巨人《ムスペル》族が住まう土地で、魔王国から炎巨人《ムスペル》族の統治を任された炎巨人《ムスペル》王ズスルトが支配している。

それが突然、正体不明の灰色の霧に覆われた。

灰色の霧は炎巨人自治区《ムスペルヘイム》を灰色の薄闇に沈めただけでなく、獰猛な怪蟲を無数に生み出して大混乱に陥れた。

炎巨人自治区《ムスペルヘイム》は本来魔騎士団の管轄外だが、灰色の霧への対応に窮したズスルトは魔王国に救援を要請した。

これを受け、炎巨人自治区《ムスペルヘイム》に派遣されたルフィオは天性の嗅覚と直感で灰色の霧の中核となる怪物、霧巨人《ニヴル》の所在を嗅ぎつけ、炎巨人《ムスペル》の王女であり剣士でもあったシルグナル王女と共にこれを撃退した。

ルフィオいわく「まだ生きてる」そうだが、今のところは灰色の霧も霧巨人《ニヴル》も姿を消したままらしい。

この事件をきっかけにルフィオはシルグナル王女と親しくなり、今もシルグナル王女との交流を続けているそうだ。

まぁ、そこまではいいんだが。

おれがルフィオに着せていた服がきっかけで、ルフィオはそのシルグナル王女におれの話をすることになり、「そのカルロというのを連れてくるが良い」と言われたらしい。

友人《ルフィオ》に変な虫がついたと思われている気がするが、無視することもできない。

ルフィオと一緒にシルグナル王女の住まいを訪問することとなった。

炎巨人《ムスペル》の王女だから当然炎巨人自治区《ムスペルヘイム》に住んでいると思っていたが、シルグナル王女の住まいはビサイドにあった。

ビサイドの西の郊外にある丘陵地に居を構え、魔王国図書館で司書として働いているそうだ。

炎巨人《ムスペル》の王女がビサイドで司書。

アスガルの土地柄を考えると巨人の司書がいるのはあたりまえだと思うが、王女が司書というのはちょっとわからない。

「どうしてそんなことに？」とルフィオに聞いたところ「追放」という返事が戻って来た。

だいぶプンスカとした口ぶりだったが、ルフィオの説明ではどうも要領を得なかった。

「俺に聞け」というように鼻を鳴らしていたロッソの補足によると、炎巨人《ムスペル》王ズスルトの後妻であり、シルグナル王女にとっては義母にあたるジグラという王妃の間でトラブルがあったらしい。

ジグラ王妃を階段から突き落とし、腹の子を流産させた。

そんな訴えを受け、炎巨人自治区《ムスペルヘイム》を追放されたのだそうだ。

「穏やかじゃないな」

妊婦を階段から突き落とす。

響きが恐い。

「そういう訴えがあったというだけの話だ」

ロッソは冷静な口調で言った。

「魔王国としては誣告《ぶこく》の類と見ている。ジグラの懐妊自体に、不審な点があってな」

「不審な点？」

「炎巨人王《ムスペル》ズスルトはシルグナル王女の母シリュンと死別した後、大病を患った。それから六人の妃を娶ったが、懐妊をしたのはジグラを除けば一人、その一人には間男がいた」

「……炎巨人王《ムスペル》のほうに問題がある？」

「そう見るべきだろう。立たぬというわけでもないようだが」

なるほど。

「懐妊自体が偽りの可能性が高い。突き落とされたというのも、虚偽妊娠のつじつまを合わせるための偽りだろう」

「なんでそんな無茶な訴えが通ったんだ？」

炎巨人王《ムスペル》とやらの目は節穴なのか。

「炎巨人王《ムスペル》ズスルトはジグラのいいなりだ。自身の男性能力への自信を蘇らせた女神と見ているようだ」

節穴らしい。

「眉唾物だとわかってるなら、魔王国のほうからなんとかできないのか？」

「自治区の問題なのでな。こちら側からねじこむことは難しい。シルグナル自身の訴えがあれば別だが、今のところ本人にその意思はない。父親や王宮に疲れているようだ」

そんな具合らしい。

魔王国も完全に不干渉と言うわけではなく、シルグナル王女への住居の提供などは魔王国側から行ったそうだ。当初は生活費についても支援していたが、本人が司書という働き口を見つけてからは本人の申し出で打ち切っている。

ルフィオが魔騎士団に来るよう誘ったが「今の暮らしが気に入っている」と断られたそうだ。

◯

そんな経緯でルフィオの背中に乗せられたおれは、ビサイド西の丘陵地を訪れていた。

目的の相手、シルグナル王女は神殿みたいな建物の前で刀を振っていた。

本人の身長が十五メートルくらいあるんだが、刀のほうも十メートルくらいある。黒髪を頭の左右でまとめ、鬼族がよく身に付けている着物《キモノ》に似た衣装を身につけていた。

外見上の年齢はおれと同じくらいか、全体のスケールは大きいが、繊細に整った容姿の女性だった。

サイズが十分の一なら、サヴォーカさんに似たプロポーションになりそうだ。

刀を一振りする度に、衝撃波か何かが出ているようだ。風を切るというより、何かが破裂するような物騒な音が轟いていた。

空からやってきたルフィオとおれに気付いたようだ。振り抜いた刀を鞘に戻したシルグナル王女は、すっと視線を上げ、爽やかに微笑んだ。

「来たか」

「連れてきた」

尻尾を振って応じたルフィオはシルグナル王女の前に着地する。

大狼姿のルフィオが身長十五メートルのシルグナル王女の前に降りると普通の狼と人間くらいの比率になる。

ルフィオの背中のおれは小人になった気分だ。

シルグナル王女はルフィオとおれに視線を合わせるようにしゃがみ込んだ。

「お主がカルロか」

「はじめまして、シルグナル様」

ルフィオの背中に乗ったまま、おれは頭を下げる。

巨人族が相手の場合、下馬云々は視線を合わせにくくなるだけで意味がないそうだ。

「そう強張らずとも良い」

シルグナル王女は鷹揚に笑った。

「ルフィオを懐かせた人間と言うのがどんなものなのか、後学のため見ておきたかっただけじゃ」

「そうですか」

付き合いにくいタイプではなさそうだ。

とはいえ緊張してしまうのは、どうしようもなかったが。

「よろしくね」

ルフィオはゆっくり尻尾を揺らし、そう言った。

よろしくできないとはかけらも思っていない様子である。

シルグナル王女とおれは、同じように微苦笑をした。

「ルフィオがそう申すのであれば仕方があるまい。特別によろしくしてやるとしよう」

冗談めかした調子で言って、シルグナル王女は微笑んだ。


震天狼《バスターウルフ》ルフィオと人間カルロの訪問を受けた炎巨人《ムスペル》シルグナルはビサイド西の丘陵地域を散歩しつつ、ふたりと話をした。

ルフィオくらいの大きさの魔物であれば家に通しても良いのだが、カルロくらい小さくなってしまうと、炎巨人《ムスペル》の家での接待は難しい。事故の危険などを考えると野外のほうが具合が良かった。

「後学のため見ておきたかった」と言ったが、無論それが全てではない。

年下の友人であるルフィオが慕うカルロなる者がいかなる者か、見定めなければならない。

傷つけたり、悪影響を与えたりするような存在であるなら、それなりの対応を考えねばならない。

そんな義務感のようなものがあったのだが。

――特に問題ないようじゃな。

いささか拍子抜けするほど問題ない。

本人曰くスラムの生まれ、育ちは良くないそうだが、その後に出会ったという仕立屋ホレイショの薫陶が良かったのだろう。充分にちゃんとした若者と言えた。

仕事は魔騎士団の裁縫係。本当に裁縫しかできないようで、ルフィオを守れるような腕っ節はないが、それを要求するとシルグナル自身でさえも合格できるか怪しくなる。

裁縫師としての腕は、かつてビサイド随一と言われた仕立屋ホレイショ譲りであるらしい。

このあたりはシルグナルにはよくわからない分野だ。どう評価すべきかわからなかったが、白猿侯《ハヌマーン・マーキス》スパーダの記憶を受け継ぐ赤マントのロッソが認めているようだ。それなりのものではあるのだろう。

実に無難な存在だった。

ルフィオを利用して何かを企むような野心はないようだが、完全に退屈な男と言うわけでもない。

評価すべき点は、冷静さだろう。

自身は脆弱な生き物でありながら、震天狼《バスターウルフ》のような強大な魔物を相手に余分な恐怖心を持たず、対等な信頼関係を築いている。

普通なら生存本能などが邪魔をするはずだが、それがない。

生物としての皮膚感覚や生存本能などに振り回されることなく、自分にとって危険なものとそうでないものを冷静に見極め、自身を遙かに超越した存在と自然体で接することができる。

ルフィオの好意を受け止めることができたのも、それ故だろう。

普通ならばこうも自然な関係にはならないはずだ。

震天狼《バスターウルフ》と人間。

普通に考えれば力の差がありすぎるはずだが、実際には仲の良い兄妹《きょうだい》か、よく懐いた犬と飼い主を思わせる関係が成立している。

震天狼《バスターウルフ》が犬のようになっている点については、どうかとは思わないでもないが、見ていて不安になるようなものは感じなかった。

――良き連れ合いを得たようじゃ。

震天狼《バスターウルフ》に比べると、人間は寿命が短い。その点を除けば良い伴侶となりえるだろう。

以前からの友人としては、少々複雑なところもあるのは事実だが、まずは祝福すべきところであろうと認めざるを得なかった。

「ルフィオのことを、よしなに頼む」

シルグナルはそう告げて、人間カルロとの最初の対面を終えたのだった。

カルロを乗せたルフィオが飛び去っていくのを見送ると、入れ違いに数人の炎巨人《ムスペル》がやって来た。

――公館の者か。

魔王国に自治を認められている炎巨人《ムスペル》族だが、魔王国から完全に独立しているわけではない。本国である魔王国と連絡を取るための出先機関としてビサイドに公館と呼ばれる施設を設置し、そこに担当官を常駐させていた。

シルグナルの住まいにやってきたのは、その担当官たちのようである。

――何用じゃ？

シルグナルは炎巨人自治区《ムスペルヘイム》から追放された身だが、魔王国に保護されている。政治的に面倒な存在ということで公館からは存在を無視されていた。

やってきた炎巨人《ムスペル》たちが公館の者であるならば、これが初めての接触となる。

シルグナルの姿を認めた炎巨人《ムスペル》たちは恭しく跪いた。

「突然推参し申し訳ございません。私は炎巨人自治区《ムスペルヘイム》公館長のネブロウと申します。炎巨人《ムスペル》王ズスルト陛下の命を受け、お届け物に参上いたしました」

「届け物？」

「はい」

公館長ネブロウは重々しくうなずいた。

「王宮の倉庫の整理をしていたところ、シリュン様がお使いになられた鏡が見つかったのです。シリュン様ゆかりの品ということで、シルグナル様の手元に届けるようにと仰せつかりました」

「左様か」

鷹揚な調子でそう呟きつつ、シルグナルは思案を巡らせた。

——いささかうさんくさいが。

シルグナルを追放してこの方、炎巨人王《ムスペル》ズスルトはシルグナルの存在を無視し続けてきた。

シリュン様というのはシルグナルの生母であり、ズスルトが最初に迎えた妃の名だが、ずっと没交渉だった相手にいきなり遺品を送りつけるというのは、少々不自然に感じられた。

「受け取らぬといえばどうなる？」

「このまま陛下の元にお戻しすることになります。恐らく、処分をすることになるかと」

「左様か、では受け取っておくとしよう。変に拒んでお主らの手間を増やすこともあるまい」

拒んだところで意味はないだろう。

あるいは現王妃ジグラの罠で、鏡に毒が塗ってあったりするのかも知れないが、実際に確かめもせずに拒むこともない。

受け取りを拒めば、母の形見が処分される。それは忍びないという感覚もあった。

「それでは、こちらをお収めください」

ネブロウたちは銀の鏡の入った飾り箱をシルグナルに差し出し、立ち去って行った。

その鏡には、見覚えがある。

確かに、シルグナルの母が生前に愛用していた品のようだ。

懐かしさから手に取りたくなる気持ちを抑えて、飾り箱の蓋を閉じた。

——慌てることもあるまい。

手を触れてみるのは、信頼のおける相手に相談してからで良いだろう。ルフィオ、は今回頼りになりそうにはないが、アテならば他にもあった。

受け取った飾り箱を物置に仕舞い、鍵を掛ける。

——爆発したりはせぬじゃろうな。

そういうものであったなら、さすがにどうしようもない。

——まぁ、その時はその時じゃな。

シルグナルは炎巨人《ムスペル》の王女である。多少の爆発程度でどうにかなることはない。

そしてその夜。

シルグナルの住まいは、木っ端微塵に消し飛んだ。

爆音で目が覚めた。

ビサイドでは大型の魔物同士、強力な魔法を使った乱闘などが日常茶飯事だ。街から爆発音や倒壊音が聞こえて来るのは珍しくないが、その音は普段の騒音より、どこか不吉に聞こえた。

瞼を開けると、おれの寝床に入り込んでいたルフィオが、裸のまま起き上がるところだった。

バルコニーに出たルフィオは西のほうを見る。

少しぼうっとしていた青い目が、鋭い光を帯びていくのがわかった。

金色の尻尾が逆立った。

滅多に見せることのない、青ざめた、緊迫した表情だった。

「……どうした？」

「ここにいて」

短く告げたルフィオは金色の大狼に姿を変える。

そのまままっすぐに、西の方角に飛んでいった。

バルコニーに出て、ルフィオの飛んでいった方角を見る。

轟音の発生源は、ビサイド西部丘陵地帯。

ルフィオと一緒に訪れた炎巨人族《ムスペル》の王女シルグナルの住まいのあった一帯が、赤々と燃えていた。


ビサイド上空を瞬く間に横切ったルフィオはシルグナル王女の住居近くに降りたった。

「シルグナル！」

大声でそう叫び、周囲を見渡す。

何か大規模な爆発があったようだ。

シルグナル王女の住居は跡形もなく消し飛び、近隣の木々は円形になぎ倒された上、山火事が起きていた。

周囲の匂いを嗅ぎながら、ルフィオは爆発の中心地に向けて足を進める。

シルグナル王女はそこにいた。

大けがをしている様子はないが、全身が炎に包まれている。

体が燃えているのではなく、炎巨人《ムスペル》の力が暴走し、体中から火が出ているようだ。

先の轟音はシルグナル王女の力が暴走して熱の衝撃波を撒き散らしたものらしい。

「シルグナル」

もう一度名前を呼んで、炎巨人《ムスペル》の額に鼻先を当てる。

シルグナル王女の体は炎に包まれているが、ルフィオにとってはさしたる熱量ではなかった。

「おきて」

呼びかけても、返事は戻ってこない。

震天狼《バスターウルフ》には治癒の力がある。類などを舐めてみたが、効き目はないようだった。

――どうしよう。

どうすればいいかわからない。

わからなければ、わかるところに連れて行くしかない。

炎に包まれたシルグナル王女の体の下に鼻面を潜り込ませ、背負い上げる。

そのまま、空中へと駆け上がった。

シルグナル王女を覆う炎が、火勢と熱量を増していく。

――まずい。

また熱の衝撃波が出そうになっている。

だが、ここでシルグナル王女を放り出すわけには行かない。

構わずに高度を上げ、海に向かって走り出す。

ビサイド上空に、二度目の爆音が轟いた。


「始まったようです」

炎巨人自治区《ムスペルヘイム》中心地、炎巨人《ムスペル》王ズスルトの居城、太炎城。

炎巨人自治区《ムスペルヘイム》とビサイド公館を結ぶ魔術鏡に映った公館長ネブロウの言葉に、炎巨人《ムスペル》王妃ジグラは「いいえ」と笑った。

「終わりよ」

人間で言うと二十代の後半あたり、豊満な体つきをした妖艶な美女である。

「呪印はシルグナルのお腹の内側に根を張った。もう誰にも手は打てないわ。あとは自分で自分の炎に焼かれて死んでいくだけ」

「魔騎士団の七黒集が動いているようです。シルグナル王女を病院に搬送しようと試みています」

「同じことよ」

自身の胸元を軽く撫で、ジグラはくすくすと笑う。

「あんな火だるまの患者、誰が診られるっていうの？　仮に診られたとしても、呪印はお腹の内側にある。体の外側からは手は出せないわ」

✿✿✿

視界が閃光に覆われて、衝撃波がルフィオの全身を打つ。

——へいき。

まぶしく、うるさいが、この程度で震天狼《バスターウルフ》が傷つくことはない。

閉じていた目を開き、再び動き出す。

その前に、赤いマントの人影が現れた。

カルロ。

それと『嫉妬』のロッソ。

カルロに憑依した状態で一緒に飛んできたようだ。バロメッツたちや氷鳥霧氷もついてきていた。

——あぶない。

シルグナル王女の身体はいつまた衝撃波を出すかわからない状態だ。

カルロには近づいて欲しくなかった。

だが、カルロ自身の意思でやってきたらしい。

訪ねたばかりのシルグナル王女の家が吹き飛んで、ルフィオが血相を変えて飛んでいった。

ルフィオとシルグナル王女を心配し、一緒に様子を見に行ってくれるようロッソに頼んだのだろう。そうでもなければ、ロッソがカルロを連れてくるはずがない。

「豪熱病のようだな」

カルロの声でロッソが告げた。

「ゴウネツビョウ？」

「火の力を上手く操れなくなる炎巨人《ムスペル》特有の病だ。通常は高齢の炎巨人《ムスペル》が患うものだが。病院島だな？」

「うん」

病院島。

正式名称はアスガル魔王国病院海上分館。

爆発、発火、あるいは放電、精神干渉などの破壊的な症状を持つ患者を取り扱う隔離医療施設だ。

まずはそこに連れて行くしかないだろう。

「いいだろう。先行して状況を伝えておく。いきなり病棟に連れ込もうとはするな。病棟が倒壊するようなことになれば元も子もない」

「わかってる」

ルフィオ自身もそのつもりでいた。

「ならばいい。気を付けてな」

後半の一言はカルロ自身の声だろう。

カルロとロッソが加速していく。

追従できないスピードではないが、事前連絡をしてもらったほうが間違いないだろう。

シルグナル王女の体を刺激しないよう、一定の速度を保ってルフィオは空を進んでいった。


ルフィオに先行したロッソとおれ、霧氷とバロメッツたちはビサイド東の海上に浮かぶ病院島に到着した。

アスガル魔王国病院海上分館。

島の中心部には十字の旗を掲げた要塞みたいな病棟がそびえていた。

病棟の周囲は分厚い防壁で覆われていて、上部には半透明の魔力のドームが乗っている。

防壁の周囲は海につながった堀に囲まれており、建物の正面方向には跳ね橋と一体になった門がある。

その正面に着地したロッソはおれから離れると、堀を隔てた向こうの門に声を掛けた。

「アスガル魔騎士団七黒集第三席『嫉妬』のロッソだ。急患を搬入したい。開門を願う！」

その声に呼応するように、跳ね橋が動き始めた。

鎖と歯車が動き、跳ね橋が降りると、十数名の白衣の魔物たちがそこにいた。

オークやミノタウロス、エルフやリザードマン、狐みたいな耳と尻尾が生えた獣人などの、大小様々の医師や看護師たち。

「まずは西の海岸に誘導してくれ。いきなり病棟で診られる症状じゃなさそうだ」

そんな声がした。

中年から壮年くらいの男の声だが、どの魔物の声かわからなかった。

雰囲気的にそれっぽいオークやミノタウロスの看護師は口が動いていなかった。

「行くぞ」

再び男の声がした。

先頭をきって歩き出したのは、狐獣人の女性看護師。

その肩の上に、妙なものが見えた。

看護師の肩の上にたたずむ、茶色く小さいネズミの獣人。

医師が身に付ける白衣を羽織り、やたらと握りの長い長刀《グレイブ》みたいな薄刀《メス》を担いでいた。

右手にだけ、白い革の手袋をはめている。

体長で言うと二十センチあるかないかだろうか。

状況から見ると、このネズミがさっきの声の主で、魔物の医師団の長のようだ。

目を瞬かせたおれにロッソが告げた。

「奴の名はストライダー。この病院島の外科部長だ。体は小さいがアスガルでも指折りの名医だ」

ネズミの名医。

大きい方向で驚かされることには少し慣れてきたが、今回は小さい方向で常識を越えてきた。

「ルフィオを誘導する。おまえは邪魔にならん距離でストライダーたちについて行け」

「わかった」

再び飛び立って行くロッソを見送り、跳ね橋を渡ってきた医師と看護師たちに道をあける。

通り過ぎた一行のあとを距離をとってついて行く。島の西側の海岸に出ると、先に来たルフィオが
シルグナル王女を背負って待っていた。

「それ以上近づくな。衝撃波の影響を受ける」

霧氷の助言に従って足を止め、バロメッツたちも待機させる。

看護師たちが砂浜にシートを敷いた。

「いいぞ、降ろせ！」

ストライダーの号令を受けたルフィオは耐熱用らしい頭巾や手袋、前掛けを付けたオークやミノタ
ウロスの看護師たちの手を借り、シルグナル王女の体をシートの上に降ろした。

シルグナル王女の体は今も炎に包まれている。

炎巨人《ムスペル》は熱に強い種族だそうだが、それにも限度があるようだ。体のあちこちが黒く炭化し、焼け
爛れているのが見て取れた。

「助けて」

シルグナル王女とストライダーたちを見下ろしたルフィオは、泣き出しそうな声でそう言った。

「全力を尽くす。下がってな」

ルフィオの目を見て応じたネズミの医師は、小さな体からは想像のつかない大音声で看護師たちに

号令を出す。

「冷却を始めろ！　表面温度を下げるぞ！」

看護師たちが白いホースのついた機械装置や魔法を使い、シルグナル王女の体に冷気を吹き付けはじめた。


「表面温度、三千度まで低下しました」

ストライダーを肩に乗せた狐人の看護師がそう告げる。

「……このままなんとかなりゃいいんだが」

ネズミの医師ストライダーは鋭い表情を崩さず呟いた。

とにかく患者の温度を冷やさないことには処置のしようがない。

体温が数千度もあっては薬もメスも使いようがない。

今回の患者の場合、その上周期的、瞬間的に表面温度が二万度前後まで上昇する。

ここまでくると雷が瞬間的に出す熱量と同じで、加熱された周囲の空気が膨張し、高温の衝撃波を撒き散らす。

このへんをどうにかしないと、おちおち診察もできない。

まずは体温を下げ、魔力の発生を抑える抑制剤を注入して発熱を抑え込む。

本格的な診察と治療はそこからとなる。

自身の体の三倍の長さがある抑制剤の注射器を構え、ストライダーはタイミングを待つ。

だが、

「表面温度、上昇に転じました」

「まだ冷気が足りねぇか」

冷気を扱える医師と看護師、冷却装置の類はありったけかき集めてきたが、まだ患者の熱量に追いつかないらしい。

「表面温度五千、七千」

狐人の看護師は淡々と告げる。

「ダメか」

このままでは衝撃波が来る。

看護師たちに退避を告げようとしたその刹那。

「手を出すぞ」

そんな声と共に『嫉妬』のロッソが患者の側に歩み出た。

手を伸ばし、掌から冷気を放つ。

看護師たちとは比較にならない魔力。

ねじ伏せるようにして、患者の体を冷却していく。

「表面温度上昇停止、低下を開始しました、五千、三千、一千……」

「よし！　投薬だ！　冷却止めろっ！」

狐の看護師が伸ばした腕を踏み切って、ストライダーは飛び出した。

患者の体に霜が浮く寸前のタイミングを見極めて飛び込み、その体の上に着地する。注射器を素早く繰り出して、患者の首の血管に抑制剤の薬液を送り込む。

飛び出しは派手だが、あまりおかしな勢いで注射をするわけにもいかない。

注射自体は普通のスピードである。

注射針を戻し、ストライダーは患者の体を降りる。

「……どうだ？」

過去に診察した豪熱病の患者の場合は、まずはこれで沈静化してくれた。

狐の看護師の肩に戻り、容態を観察する。

やがて。

「表面温度、再び上昇」

狐の看護師がそう告げた。

「表面温度三〇、三六、四〇、四四、四七……四七度で安定」

「……やれやれ、肝が冷えたぜ」

炎巨人《ムスペル》の体温としても高い数字ではあるが、発火を起こすような温度とは言えない。

息をついたストライダーは再び声を張り上げる。

「病棟に運び込め。診察にかかるぞ！」

次の日の明け方。

おれとルフィオ、ロッソ、バロメッツのリーダーと霧氷は、ネズミの医師ストライダーの診察室でシルグナル王女の容態について聞かされていた。

バロメッツの病院への出入りはダメってわけじゃないが、数十匹はさすがに迷惑ということでリーダー以外は外部で待機中だ。

「シルグナル王女の病だが、どうやら、呪詛の類らしい」

狐獣人の看護婦の肩の上に座り、ストライダーはそう告げた。

「ゴウネツビョウじゃない？」

ルフィオがロッソに聞いた病名を受け売りした。

誰かの身を、何もしてやれず案じるだけというのはルフィオにはあまりない経験らしい。かなり憔悴した表情だった。

「症状の一部は似てるが、違うもんだな。豪熱病ってのは、炎巨人《ムスペル》の炎の力の制御が利かなくなる病気だが、主に老化が原因で起こる。派手に火が出て自分の体を焼いたりするのは同じだが、表面温度が一万度を超えて衝撃波を撒き散らすような病じゃねぇ。そんなアホな病気があってたまるか」

アスガルならそんな病気も珍しくないのかと思っていたが、そうでもないようだ。

「呪詛と判断した根拠は？」

ロッソが訊ねる。

「ラウララウラの音響診断だ」

あとで聞いた話だが、ラウララウラというのは体長五十メートルの海竜の医者らしい。体から出す音波の反響を見ることで、生き物の体の中の様子を調べることができるそうだ。

「こいつを見てくれ」

ストライダーは鞘を付けた長柄のメスで壁に貼られた図を示した。

「ラウララウラによると、腹の中にこんなもんが浮かび上がってたらしい」

丸と三角、見慣れない文字を組み合わせて描かれた魔法陣のような図形だった。

「細かい正体はまだわからねぇが、呪殺に使う呪印ってもんらしい。こいつが患者の炎の力に干渉して、暴走を引き起こしてる」

「古巨人《ユミル》の呪術文字《ルーン》か」

ロッソの言葉にストライダーは「なんだそりゃ」と呟いた。

医者なので呪術文字《ルーン》なんて言葉は専門外らしい。

裁縫師のおれも専門外だが。

「現在の炎巨人《ムスペルヘイム》自治区近辺で栄えていた古巨人《ユミル》族が使った呪術用の文字だ。古巨人《ユミル》の滅亡を最後に使われなくなったものだが、二年前の霧巨人《ニヴル》事件の時に使用が確認されている」

「霧巨人《ニヴル》事件？」

ルフィオとシルグナル王女が知り合うきっかけになった事件。

「炎巨人自治区《ムスペルヘイム》が灰色の霧に覆われ、その元凶と見られる霧の怪物、霧巨人《ニヴル》をシルグナル王女とルフィオが撃退した」

その辺はルフィオからも聞いているが、どちらかと言うとストライダーへの説明のようだ。黙って聞くことにした。

「その霧巨人《ニヴル》だが、古巨人《ユミル》の王を崇拝していた炎巨人《ムスペル》の宗教結社が古巨人《ユミル》王の霊魂を神霊として召喚しようとした結果現れたものらしい。霧巨人《ニヴル》の撃退後、その出自を追っていった結果、古巨人《ユミル》の呪術文字《ルーン》と冥層の大樹ユグドラシルの木片を使った祭祀場が見つかった。祭祀を実行した結社の構成員共は霧巨人《ニヴル》と怪蟲の餌にされていて結社や祭祀の全容などはわからずじまいだが、魔騎士団としてはユグドラシルの木片に付着していた冥層の菌類と古巨人《ユミル》王の霊魂の断片が結びついた結果発生したものが霧巨人《ニヴル》と見ている」

「断片？」

ストライダーは首を傾げた。

「全部じゃねぇのか？」

「魔騎士団では召喚に失敗したと見ている。召喚に成功したにしては霧巨人《ニヴル》の力はいささか中途半端なのでな。古巨人《ユミル》王の再臨となれば大陸規模の災厄が想定される事態だ。炎巨人自治区《ムスペルヘイム》が霧に覆われる程度で済むはずがない」

「霧巨人《ニヴル》ってのは古巨人《ユミル》のできそこないってことかね。そうすると、その結社の残党がシルグナル王女に呪詛をかけたってことになるのか？」

「そのあたりはまだ判断できん。結社に生き残りがいるのかも不明だ」

「変な匂いとかしなかったか？」

そう聞いてみたが、ルフィオは首を横に振った。

「わからない。爆発してたから」

犯人っぽい匂いも吹っ飛んでしまったようだ。

「解呪の見込みは？」

ロッソがストライダーに訊ねた。

「できねぇと言うつもりはねぇが、初めての症例だ。施術方法を考える時間が欲しい」

「間に合うか？」

「抑制剤だけじゃ持たねぇだろうな。副作用が強すぎる」

そう応じたストライダーは、そして改めてロッソの目を見た。

「ひとつ、頼まれてもらいたいことがある」


ネズミの医師ストライダーが『嫉妬』のロッソに頼み事をした数時間後。

「シルグナル王女が生きながらえているようです」

炎巨人自治区《ムスペルヘイム》の王妃ジグラはビサイドの公館長ネブロウよりそう報告を受けた。

「おかしいわね。どうなっているの？」

通信用の魔術鏡を通し、ジグラは問いかけた。

「魔王宮からの情報によれば、七黒集の『嫉妬』のロッソが介入し、シルグナル王女の発熱を抑え込んだようです。今は抑制剤で安定しているとのこと」

「ロッソ？」

そんな名前は初耳だった。

「以前は『嫉妬』のトラッシュと名乗っていた赤いマントの呪物《まがもの》です。最近名前を変えたようなのですが、以前に比較して大幅に力を増していたようです」

そこで計算が狂ったようだ。

氷雪のスパーダの異名で知られた白猿侯《ハヌマーン・マーキス》亡き今、暴走したシルグナル王女の魔力を真っ向から抑えられる者などいないはずだった。

「いかがいたしましょう」

「慌てることはありません。抑制剤というのは毒の強い薬と聞きます。自らの炎で焼き尽くされるか、あるいは、薬の毒で命を落とすか、それだけの違いでしょう」

ジグラは口角を上げ、口が裂けるように笑った。

シルグナル王女が横たえられた病室のベッドの下に、金色の光の魔法陣が描かれた。

封冥陣《ふうめいじん》。

魔法陣の範囲内の生き物を仮死状態にするものらしい。

細々と続いていたシルグナル王女の呼吸が、すうっと途切れた。

大狼姿でベッドの側にいるルフィオが不安げに身じろぎをする。

「大丈夫だ」

ルフィオの足に触れ、おれはそう声をかけた。

シルグナル王女の側に居るのはルフィオ、おれ、ストライダーと狐獣人の看護師、そしてサヴォーカさん。

「仮死状態に入りました」

ストライダーを肩に乗せた狐獣人の看護師が告げる。

「よし、これでちったぁ時間が稼げる。助かったぜ」

「恐縮であります」

琥珀の大鎌を消したサヴォーカさんは、落ちついた調子でそう応じた。

ストライダーの頼み事というのは、サヴォーカさんを呼ぶことだった。

規模や相手にもよるが、サヴォーカさんの封冥陣は陣内の生き物を数日から数年程度仮死状態にすることができる。

毒性が強いため長く使い続けられない抑制剤に頼らず、シルグナル王女の病状を抑えられる存在。

それがサヴォーカさんだった。

「ですが、封冥陣は炎巨人《ムスペル》にはあまり効きが良くないようであります。仮死状態を維持できるのは一週間が限度かと」

「そうか。何にせよ準備の時間が作れた。ありがとうよ」

ストライダーは小さな手を伸ばし、サヴォーカさんに握手を求める。

サヴォーカさんはその手をつまむようにして握手に応えた。


ルフィオはしばらく休みを取り、シルグナル王女に付き添うことを決めた。

リザードテイルには当分戻らず、シルグナル王女の病室に泊まり込む。

ルフィオはかなりショックを受けている。心配ではあるが、裁縫係としての仕事がいくつか残っている。まずはサヴォーカさんと一緒に本土に戻ることにした。

病棟を出ようとしたところで、玄関の上から一匹のネズミが飛び降りてきた。

野ネズミではなく、ネズミの医師ストライダーだった。

「相談したいことがある。ちょっと付き合ってくれ」

おれの前にすっくと立ったストライダーは、重々しくそう告げた。

いつもの狐獣人看護師から離れ、先回りをしてきたようだ。

話があるのはおれひとりらしい。サヴォーカさんとも一旦別れて、霧氷とバロメッツのリーダーだけを連れ、ストライダーのあとについて行った。

「妙な捕まえ方をしてすまねぇな」

そう言いながら前方を歩いて行ったストライダーは、おれを診察室へと招き入れた。

診察室には例の狐獣人の看護師が待っていて、ストライダーを再び肩に乗せた。

「こいつを、おまえさんに見てもらいたくてな」

ストライダーが示したのは、人間サイズの診察台の上にあるネズミサイズの衣装だった。

銀色の皮を使ったつなぎのような衣装に分厚いロングジャケット、ブーツ、グローブ、そして頭全体を覆う大きなヘルメットを組み合わせてある。

ジャケットの右肩の部分が大きく破れ、つなぎの右肘の部分は劣化して裂けていた。

ジャケットの裏地側、それとつなぎの右袖の内側は高熱で焼かれたように焼け焦げている。

「これは？」

「潜体服《せんたいふく》だ。患者の体の中に直接潜り込んで執刀するとき、体内の酸から身を守る。こっちのヘルメットに空気のタンクをつないでそれで息をする」

「口から、患者の身体の中に？」

「ああ」

ストライダーは二十センチのネズミの医者だ。巨人族や竜と言った大きな生き物が相手の場合、体の中から治療を施すという選択肢も出てくるんだろう。

「この銀月竜の潜体服は特別製でな。名前の通り素材に銀月竜の皮が使ってある。銀月竜の皮には、強力な冷媒の効果があってな。酸だけじゃなく超高温にも耐えられる。体内温度が千度を超えるような生き物の中に入り込んで治療をすることができた。こいつを直してもらえねぇかと思ってな」

ストライダーはおれを見上げた。

「初めて目にする種類の衣装です。検討してみないことにはわかりませんが、直すより、新しいものを用意したほうが良いのでは？」

大事に保管してあったようだが、衣装としては死んでいると感じた。ストライダーが言った冷媒の効果というのも、今は働いていないようだ。

ブーツやグローブなどは、まだ生きているようだ。触れてみると氷のように冷たい。素材の息づかいのようなものを感じ取ることができたが、つなぎとロングジャケットのほうからは、冷たさも息づかいも感じ取れなかった。

修理をしても、潜体なんて苛酷な作業に耐えられる状態には戻らないだろう。

「こいつを作った職人は、一年ほど前に死んじまった。だが、シルグナル王女の腹の呪印をどうにかするには、この銀月竜の潜体服で腹の中に入り込む必要がある。デカいだけの生き物の体に入るなら並の潜体服でも充分だが、シルグナル王女の腹の呪印は仮死状態になった今でも千度近い熱を出してる。それに耐えられる潜体服って言ったら、こいつしかねぇ。仕立屋ホレイショの後継者のおまえなら、こいつをなんとかできるんじゃねぇかと思ってな」

「……そうですか」

もう一度、銀月竜の潜体服に視線を向けた。

「期日はどの程度でしょうか」

「一週間。やり方はなんでもいい。こいつを直すのでも、新しいものを作るのでもいいが、とにかくシルグナル王女の仮死状態が続いている間に用意して欲しい。仮死状態が解けるのと同時に執刀に取りかかりたい」

「仮死状態が解けたあと、ですか？」

仮死状態の間にやったほうがいいんじゃないだろうか。

「例の封冥陣があると俺も仮死状態にされちまって執刀どころじゃなくなるからな」

なるほど。

「予算はどの程度でしょうか？」

「ちょっと待ってくれ」

ストライダーが「金庫を出してくれ」と告げると、狐獣人の看護師が大きな手提げ金庫を運んできた。

金庫の中には金の延べ棒が大量に収まっていた。

そのうち三本を重そうに取り出したストライダーは、それを診察台の上に置いた。

「まずは見積もり代として金三本。残りは材料費として預ける。手間賃は言い値で出す」

材料費がいくらかかるのかはまだわからないが、金一本は魔騎士団の上級騎士の月給に相当する金額だ。見積料としては充分以上だろう。

とは言え、今のおれは古着屋カルロじゃなくて、魔騎士団の裁縫係だ。

「一度、話を持ち帰らせていただいてもよろしいでしょうか。魔騎士団とも調整が必要になりますので」

副業は禁止じゃないらしいが、銀月竜の潜体服は危険な手術を行うための特殊な衣装だ。

その修理、もしくは製作を一週間でこなすとなると、休みを取らせてもらったり、今受け持っている仕事のスケジュールを調整したりしないとダメだ。

シルグナル王女の身を案じ、胸を痛めているルフィオのことを思うと、すぐにでも引き受けたいところだが、おれひとりで判断していい話じゃない。

「結論はいつまでに出る？」

「今日の夕方までには」

時間との勝負になる仕事だ。おれとしても、それ以上の時間は掛けたくない。


ストライダーとの話のあと、おれは魔騎士団オーク騎士隊の駐屯所を訪ねた。

タバール大陸の馬の三倍くらいの巨大馬に乗ったオーク騎馬兵三千、体長十メートル超の飛蛇竜《ワイアーム》を乗騎とするオーク飛空騎三百を中核とする部隊で、七黒集のムーサさんが指揮官を務めている。

七黒集のうちルフィオ、サヴォーカさん、ロッソ、ランダルの四者は部下を持たない単独行動型でムーサさん、D《ディー》、アルビスの三者はそれぞれに配下の軍団を持つ指揮官型。

D《ディー》の配下はサキュバス、インキュバスと言った夢魔たちで、アルビスの配下はドワーフやエルフなどの妖精族が中心だそうだ。

おれの肩書きは魔騎士団裁縫係。

組織図上は七黒集直属ということになっているが、仕事上の相談事はムーサさんにするように言われている。

巨大馬や飛蛇竜《ワイアーム》に乗ったオークたちが駆け、飛び回る海辺の駐屯地を訪れたおれは、ムーサさんにストライダーの依頼について相談した。

「受けたいの？」

ムーサさんは単刀直入にそう聞いて来た。

「はい」

「わかった」

ムーサさんは少し考え込むような表情を見せた。

「潜体服の仕事をやってもらうこと自体は構わないのだけれど、そんな大きな仕事を魔騎士団を通さず請け負われるのはやっぱり問題があるわね。魔王国病院から魔騎士団への協力要請、魔騎士団から貴方に指示を出す形にしてもらっても構わないかしら。ストライダーから直接手間賃を取ることはできなくなるけれど、そのぶんの埋め合わせはさせてもらうから」

まぁ、もっともな話である。

「わかりました」

やりたい仕事だ。指示自体は何処経由であってもかまわない。

ただ、心配な部分もある。

「協力要請の手続きというのは、どの程度時間がかかるんでしょうか」

あまり時間がかかるようだとまずい。

「そのあたりは、すぐ片付けるから心配しないで。直接ストライダーに会って話をつけましょ」

そう言ったムーサさんは、おれを白い飛蛇竜《ワイアーム》に乗せて病院島へ飛び、ストライダーを交えて潜体服の仕事の詳細を詰めてくれた。

仕事自体は引き受けるが、ストライダーからおれ個人への直接依頼はやっぱりダメということで、魔王国病院から魔騎士団への協力要請の形式に。

裁縫師カルロ個人ではなく、魔騎士団の裁縫係として潜体服の仕事を引き受けることになった。

直接手間賃を取ることはできなくなったが、スケジュールの調整はやりやすくなった。

抱えていた納期をずらし、まる一週間分のスケジュールを空けてもらうことができた。

費用については、一旦魔騎士団で持つ。

シルグナル王女は呪詛事件の被害者であり、重要な証人だ。魔騎士団が治療費を持つことは問題ではないそうだ。

ムーサさん曰く、

「犯人から賠償金を取れば済む話」

とのことである。

犯人は賠償金を取れるような相手と見ているらしい。


ストライダーとの話のあと、シルグナル王女の病室に足を運んだ。

巨人サイズのベッドの側に大狼姿で陣取っていたルフィオがこちらを向き「カルロ」と声を出した。

「大丈夫か?」

「わからない。かしじょうたい」

ベッドの下の封冥陣を見やって、ルフィオはそう応じた。

声にいつもの元気がない。尻尾もぺたんと床に落ちていた。

歩み寄り、ルフィオの顔を見上げた。

軽く目を細めたルフィオは、おれを見下ろして「だいじょうぶ?」と訊ねてきた。

シルグナル王女を心配するルフィオを心配するおれの表情を心配したようだ。

なんだか話がごちゃごちゃだ。

なんだか胸が苦しくなった。

「ああ」

手を伸ばし、ルフィオの顎下を撫でた。

「来週、ストライダー先生がシルグナル王女の腹に潜って手術をしてくれる」

「それで、元気になる？」

「ああ、上手くいけばな。その関係で、おれも仕事が入った。手術に使う潜体服を縫うことになった。しばらくは忙しくなる。ここに来られる時間も少なくなると思う」

ストライダーと相談しなければならない部分が多いので、病室に顔を出すことはできるだろうが、ルフィオの側に長く居てやることは難しいだろう。

ルフィオはおれに顔を近づけて頬ずりをした。

そして、

「ごめんなさい」

小さな声でそう言った。

「心配させて」

自分自身が心配されているという自覚はあったようだ。

「おまえは、何も悪くない」

友達のことを心配して、胸を痛めているだけだ。

謝らなくちゃいけない理由なんかない。

変えなきゃいけないことは、もっと他にある。

「……待っててくれ」

おれは医者じゃない。

だから、助けてみせるなんて見栄は切れない。

けれど、必要なものは、必ず間に合わせてみせる。

ルフィオが大切にしているものが、喪われることのないように。


リザードテイルに戻ったおれは氷鳥霧氷とアラクネの商人エルロイの手を借りて銀月竜の潜体服の分析、材料のリストアップに取りかかった。

改めて検分してみたが、ストライダーから預かってきた銀月竜の潜体服は、やはり、衣装としてだめになっているようだ。

修復ではなく、新しいものを縫う方向で検討を進める。

主な使用材料は、名前の通り銀月竜の皮。

銀月竜と呼ばれるドラゴンが脱皮時に残して行くもので、断熱性が高いだけでなく皮自体が冷気を帯び、冷却能力を持っているらしい。

なお、銀月竜は高度な知的生物なので、銀月竜を直接捕まえて皮を取るのは犯罪である。

過去にやらかした者もいるそうだが、銀月竜の生皮は脱皮したものと比べると加工が難しいそうで、商品化できないまま捕縛、処刑されたそうだ。

裏地に使っているのは大首長羊《グレートアルパカ》の毛織物。

数メートルにも及ぶ長い首を持つ、羊に似た生き物の毛織物らしい。

糸は光蛾という巨大蛾の繭から取れる煌糸。

皮と裏地の間にはダイオウケワタガモと呼ばれる超巨大ガモの羽毛が詰めてある。燃えにくく断熱性に優れた素材だが、ダイオウケワタガモはアスガルでは世界でもっとも獰悪な野鳥ともいわれ、飛竜《ワイバーン》や飛蛇竜《ワイアーム》を捕食するトンデモ鳥類らしい。捕獲が極めて困難なので、市場には体から自然に抜け落ちた羽毛が稀に出る程度だそうだ。

正体がわからないのは、潜体服全体に使われているワックスのようなものだ。

潜体服の耐酸性と耐熱性を高めると同時に、袖の縫い目など埋めて糸を保護、熱や酸の侵入を防いでいる。何かの生き物の分泌物と、何かの植物の樹枝を混ぜ合わせたものというあたりまでは霧氷の分析でわかったが、具体的な素材がなんなのかはわからなかった。

「エルロイさまにまかせておきな」と嘯《うそぶ》いたエルロイ様も結局正体はわからなかったようで、「うむ」と唸り声をあげ黙り込んだ。

「ホレイショさんじゃねぇんだよな？　この潜体服の作者は」

ストライダーから預かってきた銀月竜の潜体服をエルロイは脚で示した。

「ああ、ファーマレイって名前のドワーフの職人らしい。一年前に事故で亡くなったそうだ」

「なら、ファーマレイと付き合いのあった商人を探してみるか。どういうものを発注してたかわかりゃあワックスの材料もわかるだろう。調査料は代金に乗せていいかい？」

「構わないが、調査料は調査料として請求してくれ、品代に直接乗せられるとあとで説明が面倒だ」

「あいよ」

そう応じたエルロイは、書き出した材料のリストに前脚を滑らせた。

「大首長羊《グレートアルパカ》と煌糸は在庫があるから必要ねぇぞ、と……問題はやっぱり銀月竜の皮とダイオウケワタガモか。どっちも一週間やそこらで調達できるもんじゃねぇ。やっぱりこいつをなんとか修理するか、素材として使い回してやるしかねぇんじゃねぇか？」

「いや、それじゃダメだ」

ダイオウケワタガモのほうは使い回しでもなんとかなるかも知れないが、銀月竜の皮はもう使い物にならない。断熱性も下がっているし、皮が帯びた冷気というやつも感じられない。

この皮を使ってもシルグナル王女を救う役には立たないだろう。

「ダイオウケワタガモであればタバール大陸西沿岸の離島に営巣地を確認している。七黒集クラスの魔物であれば羽毛の確保程度は容易だろう」

霧氷がさらっと告げた。

霧氷は氷の森が持っていた記憶や情報をそのまま引き継いでいる。タバール大陸周辺にどういう生き物が棲んでいるのかという情報も持っていたようだ。

「許可をもらえるならば現地へ案内しよう」

「わかった。誰かに頼んでみよう」

「とすると、あとは銀月竜の皮か」

エルロイが呟いた。

「白猿侯《ハヌマーン・マーキス》の遺産に都合良く混じってたりしないかね」

「あるはずがなかろう」

横からそんな声がした。

「おかえり」

声の主、ロッソのほうを振り向いて言った。定時はもう過ぎている。仕事を終えて様子を見に来たのだろう。

「話は聞かせてもらった。タバールには俺が出向く。シルグナル王女は要人だ。呪殺を成功させるわけにはいかん」

「ありがとう」

「政治的な都合だ。礼はいらん」

いつものようにこじらせ口を叩いたロッソは、霧氷を連れて出て行った。

それと入れ違いにサヴォーカさんも顔を見せた。

「何か、お手伝いできることがあればと思ったのでありますが」

現時点で解決の目処がついていない問題は、銀月竜の皮だ。その話を聞いたサヴォーカさんは「心当たりを訪ねてみるであります」と告げ、夜空に飛び立って行った。

リザードテイルを飛び立ったサヴォーカは、アスガル大陸の東方に延びる半島へ向かった。

暗黒半島。

大冥穴と呼ばれる正体不明、直径十キロの大穴が光を吸い込むため、日の光が月明かり程度にしか働かない薄闇の半島。

不死者《アンデッド》たちの住まう土地である。

この地の支配者は最初の不死者《アンデッド》、そしてアスガルの三侯の一角として知られる髑髏侯《ノーライフ・マーキス》アレクサンダー。

サヴォーカは暗黒半島の中心地、黒都《こくと》にある髑髏侯《ノーライフ・マーキス》の住居『御殿』の前に降りたった。

「これはサヴォーカ様、お帰りなさいませ」

門の前の髑髏の番人たちが跪く。

「突然押しかけて申し訳ないであります。父祖様にお目通りを願いたいのでありますが」

「今なら中庭においでかと存じます。どうぞお通りください」

番人たちは『御殿』の門を開く。

門の向こうは白い砂利が敷かれた庭園。その奥には壮麗な宮殿がある。

大広間や謁見の間などの横を通り抜け、中庭に顔を出す。

目当ての相手はそこにいた。

「父祖様」

そう声をかけると、池の側の庭椅子に腰掛けていた骸骨が「おや」と声をあげて振り向いた。

「よく来たね」

穏やかな調子でそう言ったのは、髑髏侯《ノーライフ・マーキス》アレクサンダー。

魔王に準じる力を持つといわれる三者の魔物、三候の一角である。

なお、本当に魔王に準じていたのは先代魔王ミルカーシュの頃までで、現在では七黒集総掛かりの下剋上で魔王となったアルビスより強力な魔物である。なので現在は「魔王妃に準じる」というほうが正確なのだが、さすがに語感が微妙ということで、言い回しとしては今も「魔王に準じる」とされている。

七黒集の一角であるサヴォーカより格上の魔物であり、サヴォーカの直系の先祖である。

アレクサンダーが生きた人間の女性との間にもうけた子供が、最初の死神《グリムリーパー》だった。

子孫よりも不死性が高いため、アレクサンダーはサヴォーカの両親や祖父母より長寿であり、サヴォーカのことを孫娘のように扱っている。

アスガルでは最強格の魔物だが、性格的には平々凡々としたところがあり、紫の衣を纏った佇まいも、茫洋とした雰囲気が強かった。

「こんな時間に恐縮であります。急ぎ、ご相談させていただきたいことがありまして」

生真面目な調子でそう告げたサヴォーカは、アレクサンダーにシルグナル王女の事件について話し、シルグナル王女の命を救うために、銀月竜の潜体服、銀月竜の皮が必要であることを告げた。

「父祖様のところであれば、あるいはと思ったのでありますが」

「いや、銀月竜の皮はさすがにないね……少し待ってくれ」

庭椅子から立ち上がったアレクサンダーは「おうい」と声をあげた。

『御殿』で働く幽霊《ゴースト》の侍従たちがアレクサンダーの周囲に次々と姿を見せる。

「銀月竜の皮が必要なんだが、手に入れる方法に心当たりはないかな」

幽霊《ゴースト》の侍従のひとりが「恐れながら」と進み出た。

「赤猿伯グリス様からの書状に銀月竜の皮を手に入れたと記されていたと記憶しております」

「……ああ、そうだったね。そういえば」

アレクサンダーは苦笑するように言った。

「どんどん物忘れがひどくなる」

「赤猿伯殿でありますか」

暗黒半島にほど近いアスガル中東部に領地を持つ猿猴《えんこう》族の貴族だ。ロッソが記憶と姿、そしてビサイドの邸宅を受け継いでいる白猿侯《ハヌマーン・マーキス》スパーダの甥に当たる。

邸宅以外のスパーダの遺産のほとんどを受け継いでおり、かつての白猿侯領《ハヌマーン・マーキス》を赤猿伯領として治めている。

「ああ、どうもスパーダの持ってた侯《マーキス》の名が欲しいようでね。こっちに接近しようとしてきている」

「三侯に加わるために、父祖様を後ろ盾にしたい、ということでありますか？」

「そうみたいだ」

アレクサンダーは骨だけの喉で器用にため息をついた。

「あまり関わり合いになりたくはなかったけれど、頭を下げてみるしかないかな。今日はさすがに遅いから、明日足を運んでみよう。明日は時間を取れるかい？　難しいようなら僕だけで出向いても構わないけれど」

「ご一緒させていただくであります」

魔騎士団から持ち込んだ相談だ。頭を下げるなら自分も一緒に行くべきだろう。


明くる日の午後。

サヴォーカは髑髏侯《ノーライフ・マーキス》アレクサンダー、そしてアレクサンダーと同じ衣装を身に付けた九名の影武者たちとともに赤猿伯邸を訪れた。

髑髏侯《ノーライフ・マーキス》アレクサンダーは『臆病者』を自認しており、公の場に出るときは影武者を引き連れて行動することを好む。

単独で行動していたところでアレクサンダーを傷つけられるような魔物などいるはずもないのだが、「襲われてもどうにかできるということと、襲われてもいいかどうかは別の問題」というのがアレクサンダーの主張だった。

同じ衣装、似た背格好の骸骨が十。

外見的にはほとんど区別の付けようがない。

幼少期からの付き合いで直感で区別できるサヴォーカだが、サヴォーカが声をかけた結果、本物が誰かわかってしまっては意味がない。あえて区別はしないようにしていた。

急な訪問ではあるが、朝の内に訪問の使者は出してある。

赤猿伯グリスは正装をし、家中総出でサヴォーカとアレクサンダーたちを出迎えた。

赤猿伯グリスは猿猴族。ルフィオと同じく人の姿と獣の姿を使い分けられる種族で、尾てい骨から赤い猿の尻尾が生えている。

背丈は二メートルほどで筋肉質。人間で言うと四十歳前後の中年男性である。

瞳の色はロッソやスパーダと同じ緑色。髪色は尻尾と同じ赤色だ。

グリスの隣には大狼状態のルフィオと同じくらいの体格の黒い剣歯虎《サーベルタイガー》が付き従い、空中にはグリフォンなどの大型の魔獣が飛んでいる。

『鎮圧者《サプレッサー》』

赤猿伯グリス自慢の大型魔獣私兵団。

規模こそ小さいが、質においては魔騎士団にも劣らぬ精兵という触れ込みである。

——あながち誇張とも言い切れないようでありますね。

確かに強者揃いのようだ。魔騎士団の上級騎士にひけをとらない雰囲気の持ち主も少なくない。

「ようこそおいでくださいました。アレクサンダー様、サヴォーカ様」

赤猿伯グリスは両手を拡げて前に歩み出る。

「押しかけてすまないね、赤猿伯殿」

アレクサンダーは自ら前に出て赤猿伯と握手をした。

このあたりは影武者で済ませたりはしない。態度としては正しいが、影武者の意味がないのではと思わないでもなかった。

赤猿伯グリスの案内を受け、サヴォーカとアレクサンダーは赤猿伯邸に足を踏み入れた。

銀月竜の皮は赤猿伯邸の玄関ロビーに剥製のような形で飾られていた。

まずはこの銀月竜の皮が潜体服の素材として使い物になるかどうかが問題だが、このあたりの見極めはサヴォーカにもアレクサンダーにも難しかった。カルロを連れてこられれば手っ取り早かったが、カルロは他の作業も抱えている。アレクサンダーの家中から革細工の知識のある幽霊《ゴースト》の侍従に同行してもらった。

前に出た幽霊《ゴースト》の侍従が銀月竜の皮を検分していく。やがて、サヴォーカとアレクサンダーに、大きくうなずいた。

「いかがでしょう。お役に立ちそうでしょうか」

今回の来訪の目的は事前に使者が伝えている。

検分の様子を見守っていた赤猿伯が口を開いた。

「そうだね、欲しかったもののようだ」

アレクサンダーは骨を鳴らしてうなずいた。

「是非とも譲っていただきたいのだが、どうだろうか。無論、対価は充分に用意するつもりだ」

「いえ、金銭は必要ありません」

赤猿伯はにこやかにそう応じた。

緑色の目が、サヴォーカの姿を映す。

――気持ちの良い目ではないでありますね。

アレクサンダーに対してはへりくだっているが、サヴォーカを見るときには、どこか尊大な光が透けて見える。

階級意識、それと男尊女卑が強いタイプなのだろう。アレクサンダーのような上位の男性には下手に出るが、サヴォーカのような年少の娘は対等の相手とみなしていないようだ。

「実は、アレクサンダー様にご提案申し上げたいことがございまして。この機会に是非、お聞き届けいただければと」

「どんな提案かな?」

「ビサイドで遊学をしております当家の長子ゾーラの正室として、サヴォーカ様を当家にお迎えさせていただきたいのです」

グリスは笑顔のまま告げた。

「彼女を赤猿伯家に?」

「はい、サヴォーカ様を赤猿伯家にお迎えすることで、暗黒半島との友好をより強固なものにしたいと考えております」

「それは、彼女の体質のことを知った上で言っているのかい？」

「風化の体質のことであれば、聞き及んでおります。苦労は決してさせないとお約束いたします」

「そうか」

アレクサンダーは静かな調子で言った。

「だめだと言ったら、銀月竜の皮は譲ってもらえないのだろうか？」

「そのようなつもりは毛頭ありませんが、サヴォーカ様の将来のためにも、是非とも前向きにご検討いただきたく思います。衣類の問題についても優秀な針子を責任を持ってご用意させていただきます」

――優秀な針子でありますか。

責任を持って、などと軽く言うが、そんなものを見つけ出すのは容易なことではないはずだ。

サヴォーカやその両親、祖父母、そしてアレクサンダーが探し回ってようやく見つけ出したのがホレイショやカルロだった。別にホレイショ一門でなければいけないということはない。祖父母の代で世話になっていたのはアスガル出身の百手巨人《ヘカトンケイル》の職人だった。だが何にせよ数十年に一度世に出るか出ないかという水準の職人たちである。

そんな職人を、簡単に見つけ出せるとは思えなかった。

――良縁とは思えぬでありますね。

サヴォーカにも良家の子女の自覚はある。必要によっては政略結婚という将来もあるかも知れないという認識はあった。

だが、赤猿伯家との縁談にその必要性があるとは感じられなかった。

あるのは三候入りをしたいという赤猿伯グリスの野心だけで、それ以上の意味がない。世の中のためにもならないし、そもそもサヴォーカが赤猿伯家に嫁いだところで、それが三候入りの近道になるわけでもない。

サヴォーカ自身の幸福につながることもないだろう。

今のサヴォーカにはカルロという裁縫師がいる。

カルロがいるビサイドでの生活が幸福だった。

それを捨てる意味と理由は見つけられそうになかった。

「恐縮でありますが、私は、赤猿伯家の子は産めぬ身であります故」

種族の組み合わせとして無理だ。

サヴォーカの両親はいとこ同士で、双方死神《グリムリーパー》の血族だった。そのおかげでサヴォーカという娘を作ることができたのだが、猿猴族と死神《グリムリーパー》の間に子供をもうけることは不可能だ。

肌が触れあっただけで殺してしまう。

生まれた時から悩まされている体質ではあるが、断り文句に使うには便利だった。

だが、グリスは動じなかった。

「側室に生ませれば問題ありません。重要なのは家と家が結びつくことと、サヴォーカ様が幸福になることです。いつまでも独り身で、魔騎士などと男のまねごとを続けていても仕方がありません。アレクサンダー様を安心させて差し上げる意味でも、是非前向きにお考えください」

「男の真似事でありますか？」

内心むっと来たが、平静な口調のまま問いかけた。

グリスの気質や品格を見定めるには、ちょうどいい糸口に思えた。

現時点では、断るにせよ材料が足りない。銀月竜の皮という弱みもある。「会うだけ会ってみる」と言うあたりまで持ち込まれかねない部分があった。

そこを押し切るためには、もう少し明確に「無理」と断じられる要素が欲しかった。

「はい、真似事と申し上げました」

グリスはためらわずに応じた。

「政治や軍事というのは本来男の仕事です。男と女では持って生まれた力や素養が違います。サヴォーカ様は魔騎士団の七黒集ということですが、サヴォーカ様がアレクサンダー様の直系でなく、またミルカーシュ様のお気に入りでなければ、七黒集の座にはもっと優秀な者がついていたことでしょう」

「優秀な男性、ということでありますか？」

「ええ」

昔ながらの男性優位主義者らしい。

歴代最強と言われる先代魔王ミルカーシュが女性だったことで少なくなったタイプだが、意外なところに生き残りがいたようだ。

アレクサンダーの目の前で堂々と言っているところを見ると、本人としては正論を言っているつもりのようだ。

赤猿伯は白猿侯《ハヌマーン・マーキス》スパーダの甥であり、スパーダの死後、その広大な所領を受け継いだ。

所領の規模こそ大きいが、アルビスやミルカーシュからの評価は高くなく、大きな仕事を任されるようなこともなかった。それが良くなかったのかも知れない。古色蒼然とした物の考え方を改める機会を持たないまま、三候入りを目指すような野心と大物意識を育んでしまったようだ。

――まぁ、それは良いのでありますが。

赤猿伯個人の信念や価値観はどうでも良い。

ただ、それとは別に、聞き流してはいけない言葉があった。

「赤猿伯殿」

サヴォーカは、吸血羊の手袋に手を掛けた。

不穏な気配を感じ取ったようだ。グリスの後方に控える黒い剣歯虎《サーベルタイガー》が身構える。

アレクサンダーも、何が起こるかわかったらしい。やれやれと呟くように骨のこめかみに手を当てた。

「決闘を申し込ませていただくであります」

サヴォーカは吸血羊の手袋を赤猿伯の胸へと投げた。

「私ひとりを軽侮なさるのであれば、聞き流しても構わぬでありますが、魔騎士団そのものを侮辱する発言は、看過いたしかねるであります」

サヴォーカがアレクサンダーの直系でなく、サヴォーカがミルカーシュにかわいがられていなければ、七黒集の座につくことはなかった。

一面では間違っていない。

アレクサンダー直系の子孫としてミルカーシュに引きあわされていなければ、魔騎士になろうなどとは思わなかった。

七黒集の一席に加わることもなかっただろう。

だがそれは、きっかけの問題であって、資質の問題ではない。

もっと相応しい者を血筋や縁故で蹴落として、七黒集の一席に座ったわけではない。

魔騎士団は、そんな組織ではない。

そんなことで得られる立場を求めた覚えもない。

「やれやれ」

赤猿伯は大げさにため息をついた。

「自分が何を言っているか、わかっておいでなのですか？　貴女と私が決闘だなどと。おやめなさい。いらぬ恥をかくだけです」

——これは……。

思った以上に話が通じない。

とにかくサヴォーカを対等の、一人前の存在と見なすことができないようだ。

意図してまともに相手にしないようにしているというわけでもない。

『年下の小娘』という属性を持った相手と向き合う能力が根本的に欠如しているらしい。

——この場で殴ったほうが良いのでありましょうか。

そんなことを思った時、アレクサンダーが口を開いた。

「では、立会人は僕が務めることにしよう。刻限は明日の正午、場所はビサイド法定決闘場。殺し合う程の争いじゃないからルールは徒手空拳《ステゴロ》で。サヴォーカが勝った場合は、赤猿伯は先の発言を謝罪し、この銀月竜の皮を買った時の値段で魔騎士団に供与する。赤猿伯が勝った場合は、サヴォーカは赤猿伯に決闘を挑んだことを謝罪し、赤猿伯の長男との縁談を受け入れる。これなら赤猿伯にもサヴォーカの決闘を受ける意味が生まれると思うが、どうだろうか」

「アレクサンダー様がそう仰せであれば、謹んで。ですが、よろしいのですか？　法定決闘場となれば、サヴォーカ様を公衆の面前で辱めることとなりますが」

「構わないよ。サヴォーカが自分で選んだことだからね」

アレクサンダーはのんびりと言った。

「なんだったら、君の息子さんを代理に立ててはどうかな。面白い顔合わせになるかも知れない」

「はは、面白いお考えですが、控えておきましょう」

赤猿伯は大物風に笑う。

「将来の夫婦仲に亀裂を残しかねません。憎まれ役は私一人で充分というものです」

余裕に満ちた表情で、赤猿伯はそう告げたのだった。

ビサイド法定決闘場。

魔物同士のトラブルを公開決闘で解決するという、いかにもアスガルらしい公的機関だ。

およそ二百メートル四方の四角い建物の中に馬鹿でかい観客席と、百メートル四方の四角い決闘場が設置されている。

やっぱりというかなんというか、公営賭博場としての機能も持っており、建物の内外は博徒やら決闘ファンやら予想屋やら物売りやらでごった返す、殺気と喧噪に満ちた場所だった。

普通なら立ち寄る理由も、立ち寄りたくもない場所だ。

その上おれはストライダーの潜体服作りの納期に追われている。こんなところに立ち寄っている場合じゃないんだが、ストライダーの潜体服を手がけていた職人ファーマレイが利用していた革問屋がちょうどこの近くにあった。

潜体服のワックスのヒントを得るべく、エルロイやバロメッツたちと一緒にそちらに向かっていたところ「七黒集のサヴォーカが公開決闘をする」という騒ぎが耳に入った。

銀月竜の皮を探してくれると言っていたサヴォーカさんがなんで公開決闘なんかをすることになっているのか。脈絡がさっぱりわからないが、さすがに気になった。

様子を見に法定決闘場に入ってみると、確かにサヴォーカさんがいた。

いつもの軍服風衣装で、琥珀の大鎌や冥花などは出していない。

決闘の相手は赤毛に赤い尻尾を生やした貴族っぽい大男だ。

微妙にロッソに似ている気もする。

「本当に赤猿伯じゃねぇか、何やってんだ一体」

対戦相手の大男の方を眺めつつ、エルロイが呟いた。

「知ってるのか？」

「赤猿伯グリス。白猿侯《ハヌマーン・マーキス》スパーダの甥に当たる男だ。白猿侯《ハヌマーン・マーキス》の後継者を気取ってて、実際白猿侯《ハヌマーン・マーキス》の旧領を受け継いで統治してる。おまえさんが住んでるリザードテイルの建物や、白猿侯《ハヌマーン・マーキス》邸の所有権についてロッソと揉めてな。最後は公開決闘でロッソに負けて手を引いた。トラッシュだった頃のロッソに歯が立たなかったような奴が他の七黒集に勝てるわきゃねぇんだがな。見てみなあのひでぇ倍率」

エルロイが前脚で示したほうを見ると、サヴォーカさんの倍率がほぼ一、相手の赤猿伯グリスという男の倍率が九十倍になっていた。

赤猿伯が勝てば大もうけというか、ほとんどの魔物がサヴォーカさんのほうが格上と見なしているということだろう。

つまりは安心ってことなんだろうが、「大丈夫だろう。放っておこう」というのはさすがに無理だ。

決着を見届けていくことにした。

――カルロ殿。

エルロイに連れられたカルロが観客席に入ってくるのに気付き、サヴォーカは少し顔を赤らめた。

他の場面ならともかく、公開決闘の様子を見られるというのは妙な気恥ずかしさがあった。

七黒集クラスの魔物が公開決闘をやることは滅多になく、かなりの騒ぎになっていた。どこかで話を聞きつけて、様子を見に来てくれたのだろう。

気に掛けてもらえていると思うと、少し嬉しくもあった。

対する赤猿伯グリスは、ひどく不機嫌である。

原因は法定決闘場の賭けの倍率だろう。グリスの勝利の倍率が、とんでもないことになっている。

それがビサイドの博徒、ビサイドの住人たちが見るサヴォーカとグリスの格の違いだった。

七光り扱いをしていたサヴォーカより遙かに格下と見なされている。相当以上の屈辱だったのだろう。客席を埋めている博徒たちの姿を忌々しげににらみつけていた。

立会人を申し出たアレクサンダーは影武者たちを引き連れて貴賓席に収まっている。

刻限が訪れる。

審判役の大型スライムが体の表皮を金属状に変質させ、決闘開始のゴングとして打ち鳴らした。

――思い知るがいい。

決闘開始と同時に、赤猿伯グリスは大股に足を踏み出した。

女の分をわきまえずグリスに決闘を申し込んだサヴォーカ。その決闘を認め、立会人を名乗り出たアレクサンダー。あろうことかグリスをサヴォーカより格下と見なし、サヴォーカに賭け《ベット》を集中させている博徒共。

もののわからぬ者が多すぎる。

アレクサンダーについては、あるいは世間知らずのサヴォーカに灸を据えるという意図があるのかも知れないが、サヴォーカと博徒共は話にならない。

赤猿伯グリスの力を、きちんと理解させてやらなければならない。

ずかずかと間合いを詰めつつ拳をあげた。

――躾《しつけ》をしてやる。

一度殴りつけてやれば、それで素直になるだろう。

死神《グリムリーパー》サヴォーカは死と風化の力を持っている。肌に直接触れるわけには行かない。手加減なしに殴りつけてアレクサンダーの心証を損なうこともしたくない。

顔は避け、腹を目掛けて拳を打ち下ろす。

次の瞬間。

グリスは決闘場と観客席を分かつ魔力障壁に叩きつけられていた。

決闘場の中心から距離にして五十メートル、高さにして地上十メートルあたりまで吹き飛ばされたグリスは事故防止用の魔力障壁に背中から叩きつけられ、頭から地面に落ちた。

ゴングと同時に沸き起こった観客たちの歓声が冷めていく。

「もう終わりかよ」

「やっぱりマントに勝てないような奴はだめだな」

「勝つほうももうちょっと盛り上げてくれねぇとだめだろ」

そんな言葉が聞こえた。

グリスを吹き飛ばしたのは、グリスの拳をかわしつつ踏み込んだサヴォーカの左の拳。

細身の身体からは想像のできない打撃力でグリスを吹き飛ばし、魔力障壁に叩きつけていた。

死神《グリムリーパー》サヴォーカはアスガルの治安を担う魔騎士団の幹部である。ビサイド市街で暴れる巨人やドラゴン、魔獣などを殴り飛ばしたり吹き飛ばしたりすることもよくある。「見掛けよりずっとヤバい」と言う点はビサイドではかなり知られていたのだが、ビサイドとの交流の少ないグリス、それとビサイドに来て間もないカルロなどは、そのあたりの知識を持っていなかった。

地面に倒れ伏すグリス。

審判役のスライムがカウントを取り始める。

今回の決闘のルールは致命的な武器や能力を使わず、相手を殺すことを勝利条件としない徒手空拳《ステゴロ》ルールである。グリスが十カウントの間に立ち上がらなければ、それで決着になる。

「オラ立てーっ！」

「しっかりしやがれエテ公！」

「ランダル？」

「ようカルロ今日は仕事じゃなかったか？」

大穴狙いの博徒共の叱咤の声を受けながら、グリスは立ち上がる。

ふらつきながら足を踏み出し、再びサヴォーカと向かい合う。

何かの間違いだと思いたいところだったが、さすがにまぐれで出せる打撃力ではなかった。

女ではあるが、アレクサンダーの直系だ。それなりの力を持っていたということかも知れない。

——だが。

グリスもまだ、本気は出していない。

グリスたち猿猴族は人の姿と大猿の姿を使い分けられる種族だ。

真の力は大猿の姿の時に発揮される。

赤猿伯グリスの姿が陽炎に呑まれたようにゆらぎ、歪んで、身の丈二十メートルにも及ぶ赤毛の大猿へと変化する。

——この姿になる羽目になるとは。

小娘一人のために大猿への変化を余儀なくされる。

この時点で大失態である。

だが、この姿になった以上は、もう終わりだ。

――今度こそ、お灸を据えてやろう。

公衆の面前で吹き飛ばされ、地に這わされた屈辱を晴らさなければならない。立会人にアレクサンダーがいる手前、そこまで激しい折檻はできないが、ここは決闘の場だ。

多少力が入りすぎる程度は構うまい。

大猿の身体で牙をむき出した赤猿伯は咆哮とともに足を踏み出し、
先刻より大きなアーチをえがいて殴り飛ばされた。


「……ホームラン、ともちょっと違うか。意外と頑丈だな」

観客席を直撃した赤猿伯グリスの姿を眺め、ランダルが呟いた。

非番日の暇つぶしに法定決闘場に足を運んでいたらしい。

「障壁貫通するとは思わなかったぜ」

グリスの巨体は事故防止用の魔力障壁を突き破って飛んできた。

落ちたのが観客席の後方だったので良かったが、少し角度が違ったら死傷者が出ていたかも知れない。

そういうのも含めて公開決闘の醍醐味だそうだが。

サヴォーカさんの右の拳で殴り飛ばされたグリスは起き上がらず、そのまま決闘場のスタッフに搬送されて行った。

心配して見に来たのだが、結果を見れば倍率そのままの実力差だった。

ランダルの解説によると単純に腕力がヤバいということである。

言われてみると、おれに抱きついたルフィオの腕を当たり前に引き剥がしたりしている。

あまり寄り道をしてもいられない。サヴォーカさんに手を振って、決闘場を後にした。


新たな道連れに非番の異星体《エトランジェ》ランダルを加えたおれたちは、当初の目的地である革問屋を訪ねた。

革問屋の主人はエクルさんというドワーフの女性だった。

ストライダーの潜体服を新しく作るという話を聞いたエクルさんは「それは良かった」「ファーマレイさんも安心なさることでしょう」と微笑み、帳簿を調べてファーマレイから注文を受けた潜体服の素材の一覧を見せてくれた。

もっとも重要な素材である銀月竜の皮は、身代を持ち崩した豪商の資産が競売に掛けられたときに奇跡的に手に入れたものだったらしい。

小さなネズミのストライダーが身に付けるものとは言え、手に入った皮の量は少量。試作品、そして完成品が一着出来たところでほとんどを使い切り、傷みが出たときにはわずかな切れ端を使ってどうにか運用していたらしい。

エクルさんもなんとか新しい皮を仕入れようと手を尽くしたが、結局ファーマレイが生きている間に銀月竜の皮が世の中に出ることはなかったそうだ。

ストライダーの活躍を支えた銀月竜の潜体服は、そうして徐々に傷んでゆき、やがて限界を迎えた。

製作とメンテナンスの担当者であるファーマレイは銀月竜の潜体服の破棄を提案したが、ストライダーは「こいつがなきゃどうにもならねぇ患者がいる」と抵抗。その直後に運び込まれてきた火竜への潜体を敢行した。

銀月竜の潜体服は、そこで潰れた。

長年の酷使で劣化した銀月竜の潜体服は、つなぎの右肘に裂傷が生じていた。

ストライダーが潜体を行った火竜は凶暴な寄生虫に取り付かれており、その攻撃に受けてロングジャケットの右肩が引き裂かれた。

引き裂かれたジャケットの右肩、以前からのつなぎの肘の裂傷から入り込んだ高温によって、ストライダーは大やけどを負い、潜体服は完全に使い物にならなくなった。

凄まじい精神力で寄生虫を倒し、治療をやりおおせたストライダーだが、ファーマレイは「もう使うなと言ったはずだ」と激怒、ストライダーと喧嘩別れをし、その後間もなく、事故で帰らぬ人となってしまったそうだ。

ストライダーがつけていた右の手袋は、焼けただれた手を保護するためのものらしい。

「とはいえ、仲直りをするつもりはあったようなんですけれどね」

エクルさんはほろ苦く微笑んだ。

「ストライダーさんと大げんかをしたあとも、ファーマレイさんからは、新しい銀月竜の皮は手に入らないか、代わりになりそうなものはないかと相談を受けていました。このあたりの注文は、ファーマレイさんが亡くなる少し前に受けたものです」

エクルさんが示した帳面には、八つ目椰子の油、渓谷鳥喰蜘蛛《キャニオンバードイーター》と言った材料名が並んでいた。

潜体服の表面に塗布するワックスの材料としてファーマレイが発注していたものらしい。

八つ目椰子の油はエクルさんの店に在庫があったが、渓谷鳥喰蜘蛛《キャニオンバードイーター》のほうが問題だった。

「生きたものをそのまま飼って、糸になるまえの粘液を材料にしていたんです」

「生きたままか。仕入れに手間が掛かりそうだな」

エルロイが呟く。

「オレっちが捕まえてきてやろうか?」

「いや」

ランダルの申し出に、おれは首を横に振った。

「気持ちはありがたいんだが、渓谷鳥喰蜘蛛《キャニオンバードイーター》なら、頼みたい奴がいる」


エクルさんの革問屋を出たおれは、その足でシルグナル王女の病室を訪れた。

「カルロ」

大狼姿で病室に蹲っていたルフィオが上体をあげ、振り向いた。

金色の毛皮の艶がよくない。

身体的には頑丈極まりないルフィオだが、精神的にはまだ幼く、弱い部分もある。何もできず、ただ見守るだけという状況は、やっぱり負担が大きいんだろう。

「シルグナル王女の様子は？」

「変わってない」

「そうか」

「封冥陣の効果が続いている間は、容態が急変する恐れはありません」

病室にいた狐獣人の看護師が補足をしてくれた。いつもストライダーを肩に乗せている看護師だが、今日は別行動のようだ。

「少し、外で話さないか」

「わかった」

シルグナル王女の側を離れることを嫌がるのではないかと思ったが、意外に素直な反応だった。

病棟を離れ、病院島の砂浜に出る。

大狼の姿のまま、ルフィオはおれに問いかける。

「なに？」

「例の潜体服作りのことだ。渓谷鳥喰蜘蛛《キャニオンバードイーター》を手に入れる必要が出てきた。確か、おまえと散歩に行った時に見たよな？」

渓谷に吊り橋みたいな巣をかけて鳥を喰う、体長一メートルの巨大蜘蛛。

最大級の個体は渓谷巨大蜘蛛《キャニオンロックバードイーター》と言われ、世界最大の鳥類であるロック鳥を捕食したりするらしい。

「できたら、おまえに手伝って欲しい」

ランダルに頼んでも問題はないだろうが、今回はルフィオに頼みたかった。

何もできずに苦しんでいるルフィオに、シルグナル王女のためにできることを用意したかった。

「わかった」

ルフィオは間を置かずに応じた。

「大丈夫か？」

「へいき」

ルフィオはおれの肩に顎を乗せると、呟くような調子で言った。

「……きのう、ミルカーシュさまが来てた」

「そうなのか」

先代魔王で現魔王妃。肩書きのわりにフットワークが軽く、ちょこちょこと市井というか、大陸各地をうろついているらしい。

タバール大陸に顔を出したこともあった。

「元気にしていなさいっていわれた。わたしが元気じゃないと、カルロやシルグナルは心配するって。だから……元気でいる」

「そうか」

手を伸ばし、ルフィオの頬に触れた。

「元気でいられそうか？」

元気でいてくれるのに越したことはないが、空元気で動き回るのも良くない気がする。

「わからない」

ルフィオは少し困ったように言った。

「……魔力、わけてもらってもいい？」

「おれが、おまえにか？」

人間の魔力を震天狼《バスターウルフ》に分けてもなんの足しにもならない気がする。

そもそもどうやって分ければいいのかもわからない。

「うん」

ルフィオは少女に姿を変えた。

「いっぱいはいらない。わたしがあげるほうでも、元気が出るから」

魔力供給と言うより、ただのキスをせびっているようだ。

「……魔力の分け方なんか全くわからないんだが、いいか？」

魔力供給としては気持ち的なものにしかならないだろうが、今のルフィオが抱えているのは気持ちの問題だ。無意味ではないだろう。

「いいよ」

そう答えたルフィオは、ゆっくり尻尾を動かしながら、小さく顎を上げた。

青い目が、おれの目をのぞきこむ。

魔力供給そのものには多少慣れたつもりでいたが、今回はおれがするほうだ。おれから唇を重ねていく形になる。

頬と耳が熱くなり、身体が強張った。

「目、閉じててくれ」

じっと見つめられながらだと、さすがにやりにくい。

「こう？」

ルフィオは素直に目を閉じる。

「ああ……おまえらも離れててくれ」

バロメッツたちにも散ってもらう。

（全騎散開）

（どうぞごゆっくり）

（とっとと散れ）

ヌエーと鳴いたリーダーに追い散らされ、バロメッツたちが飛び去っていく。リーダーも高空へと姿を消した。

息を整え、唇を重ねあわせた。

魔力を分けるなんて器用なことはできない。

身を寄せ合い、唇を触れあわせるだけの、ようするにただのキス。

空気が足りなくなって、唇を離した。

ルフィオは目を開け、小さな舌を見せた。

「なめて」

舌を入れないとだめらしい。

そこまでいくと大分難度が高い。躊躇をしていると、今度はルフィオのほうから顔を近づけてきた。

おれと違って、ルフィオは舌を触れあわせることに抵抗がない。当たり前のように舌先同士を重ねたルフィオは、ぱたぱたと尻尾を振っていた。

どれだけそうしていただろうか。

小さな舌をそっと引っ込めたルフィオは尻尾を振ったまま「ありがとう」と微笑んだ。

「元気は出たか？」

とりあえず、普段のルフィオの調子が戻って来たようには思える。

「うん」

「魔力は入ったか？」

「ぜんぜん」

ルフィオは尻尾と首を同時に左右に振った。

当然のことだろうし、魔力が目的と言うわけでもないからいいんだが、なんとなく複雑な気分にさせられた。

大狼の姿になったルフィオの背中に乗ったおれは渓谷鳥喰蜘蛛《キャニオンバードイーター》の棲息地であるアスガル大陸赤道直下の大渓谷に向かった。

ファーマレイが飼っていた渓谷鳥喰蜘蛛《キャニオンバードイーター》は野生のものではなく、大渓谷に住まう鳥人族《バードマン》が家畜として飼育していたものらしい。鳥人族《バードマン》が好む水晶との交換で、おとなしいのを三匹譲ってもらい、ルフィオの背中に乗せてビサイドへ連れ帰った。

体長一メートル、エルロイのように言葉が伝わるわけでもない大蜘蛛が三匹。さすがに不気味だったが、特に危害を加えられるようなことはなかった。

ビサイドの仕事場にもどると、ロッソとサヴォーカさんが待っていた。

ロッソは霧氷と一緒にダイオウケワタガモの羽毛を、そしてサヴォーカさんは銀月竜の皮を調達してきてくれていた。

昼間赤猿伯と決闘していたのは赤猿伯が所持している銀月竜の皮を譲り受けるための交渉の一環だったらしい。

銀月竜の皮は剥製風のインテリアとして飾ってあったものだそうだが、程度は良いようだ。手を触れてみると、ぞくりとするような冷気を帯びていた。

革問屋のエクルさんに見てもらったところ、簡単な処置だけで潜体服に使えるようになるとのことだった。

そのままエクルさんのところで加工を依頼して、まずは渓谷鳥喰蜘蛛《キャニオンバードイーター》の分泌液と八つ目椰子の油を混ぜ、皮の表面や縫い目に塗るワックスを作る。

ワックスの調合については霧氷が頼みだ。

異星文明の産物としての分析能力と計算能力で適切な調合割合と作業工程を導き出してもらい、その指示通りに手を動かしていく。渓谷鳥喰蜘蛛《キャニオンバードイーター》の分泌液というのは蜘蛛の糸の材料となるノリに似た粘液のことだ。どうやって出してもらおうかと考えていると、渓谷鳥喰蜘蛛《キャニオンバードイーター》のほうから勝手に出してくれた。

「やっぱり繊維にモテてるじゃねぇか」

冷やかし担当のランダルが、そんなことを口にしていた。


裁縫師カルロがワックス作りにいそしんでいた頃。

「魔王宮からの連絡によりますと、シルグナル王女の潜体手術の準備が進んでいるようです」

炎巨人自治区《ムスペルヘイム》の公館長ネブロウは、青ざめた顔で王妃ジグラにそう報告をした。

不吉な予感と、恐怖に駆られながら。

目論見通りに行っていない。

本来なら、既に死んでいるはずのシルグナル王女が死ぬ気配を見せない。

治療の準備が着々と進んでいく。

「潜体手術？」

炎巨人《ムスペル》王妃ジグラは魔術鏡越しに怪訝な表情を見せた。

「特殊な衣装を身につけた鼠の外科医がシルグナル王女の体内に入り、呪印を切除するのだそうで。いかがいたしましょう」

一刻も早く手を打たなければならない。

シルグナル王女が息を吹き返せば、ネブロウの関与はすぐに発覚するだろう。

「慌てることはありません」

炎巨人《ムスペル》王妃ジグラは、いつものようにそう応じた。

「私の呪印は強力です。鼠の医師ごときにどうにかなるものではありません」

「……はい」

ジグラの言葉に従順に応じつつ、ネブロウは判断した。

――このままではだめだ。

危機感の共有ができていない。

ビサイドの公館にいるネブロウと炎巨人自治区《ムスペルヘイム》の王城に住まうジグラとでは、切実さが違いすぎる。

あるいは、いざとなればネブロウに責任をかぶせるつもりかもしれない。

ネブロウの側にも、ことによってはジグラを巻き添えにする程度の用心はあるが、道連れがいるなら破滅してもいいと言うものではない。

――止めなければ。

シルグナル王女の手術を阻止しなければならない。

だが病院島にいるシルグナル、鼠の医師ストライダーに手を出すのは自殺行為だ。

病院島は魔王国病院の一部。アスガル魔王国の中枢医療機関だ。手を出せばアスガルという国家そのものが、威信にかけて動き出すだろう。

手を出す余地があるとすれば、手術用の潜体服を作っているという裁縫師だ。

仕立屋ホレイショの後継者という触れ込みでビサイドに現れた人間で、郊外にあるホレイショの店、リザードテイルの店舗に暮らしているらしい。

狙い所はそこだろう。

カルロとやらを焼き殺す。

ちっぽけな生き物だ。骨も残さず灰にしてしまえば、ネブロウの身に危険が及ぶことはないだろう。


『慌てることはありません。私の呪印は強力です』

魔騎士団の円卓の間に、王妃ジグラの声が響いた。

『姦淫』のD《ディー》の触手生物が盗聴した音声を、D《ディー》が別の触手生物を使って再生したものである。

魔王兼七黒集『怠惰』のアルビスは円卓の上で手を組み、ため息をついた。

「やはり炎巨人自治区《ムスペルヘイム》か」

「そのようです」

D《ディー》は、掌に乗せていた唇付き触手生物を紫の小箱に戻し、そう応じた。

「炎巨人王《ムスペル》ズスルトの関与はないようです。あくまでも炎巨人王《ムスペル》妃ジグラが仕掛けたものかと」

「気に入らんな」

アルビスは『傲慢』のムーサが持ってきたクッキーを一枚かじった。

「……悪くない」

「お褒めにあずかり恐悦ですわ」

ムーサは冗談めかした調子で応じる。

「話を真横に転がすな。戻せ」

『憤怒』のランダルがツッコミを入れる。

アルビスは紅茶を一口含んで続けた。

「ジグラとシルグナルの間の権力闘争というにはいささか手口が幼稚すぎる。破滅願望があるのか、あるいは」

「霧巨人《ニヴル》が噛んでる？」

ランダルが言った。

「確か、倒し切れてなかったんだよな？」

「ああ」

アルビスは首肯する。

「霧巨人《ニヴル》が関与しているとすれば一応の説明はつく。炎巨人族《ムスペル》、シルグナル王女、炎巨人自治区《ムスペルヘイム》、あるいは魔王国そのものに悪意を持つ存在。政治的陰謀というより、もっとシンプルな報復行為」

「ジグラは操られているのかしら」

ムーサが呟いた。

「そこまではわからん。単純に操られている可能性もあれば、自身の栄達のために霧巨人《ニヴル》となんらかの取引をした可能性も考えられる。あるいは、ジグラ自身が霧巨人《ニヴル》という可能性も」

「どうするんだ？」

ランダルが問いかける。

「まずはネブロウを釣り上げる。声音からすると、相当に煮詰まっているはずだ」

ネブロウがシルグナル王女の容態や潜体手術についての情報を逐一入手し、ジグラに報告できたのは、ネブロウの手腕によるものではない。

炎巨人自治区《ムスペルヘイム》の反応を引き出し、事件の全容を割り出すためアルビスが仕掛けた罠だった。

「そろそろ動く頃合いだろう」

夜。

炎巨人自治区《ムスペルヘイム》の公館長ネブロウは裁縫師カルロの住居兼仕事場リザードテイルへ足を運んだ。

巨人種が珍しくない土地柄とは言え、夜の郊外を炎巨人《ムスペル》が動き回るのは目立ちすぎる。隠身の魔法がかかった外套を身に纏い、一人で屋敷の前に立つ。

リザードテイルの建物は七黒集の一角『嫉妬』のロッソが所有する旧白猿侯邸《ハヌマーン・マーキス》の敷地内にある。

さらには震天狼《バスターウルフ》『暴食』のルフィオの事実上の巣でもある。悪意を持って近づくべき場所ではないが、生憎とネブロウは魔騎士団の内情にそこまで通じていなかった。

自身が足を踏み入れようとした場所がどういう性質を持っているのか、理解できていなかった。

急いでカルロを始末しなければ取り返しのつかないことになる。

そんな焦りが、ネブロウを死地に導いた。

リザードテイルの建物ごとカルロを焼き殺すつもりでいたネブロウだが、裁縫師カルロはどういうわけか屋敷の前にぼんやりとたたずんでいた。

ネブロウはカルロの顔かたちを知らないが、エルフでもドワーフでも夢魔族でもなさそうなその人影をカルロだと判断した。

予想外ではあるが、またとない好機だった。

魔法の外套で身を隠したまま動いたネブロウは、地面の虫を押さえつけるように、その人影を踏みつけた。

「あうっ！」

『カルロ』は妙な悲鳴を上げ、ネブロウの足の下でびくびくと身体を痙攣させた。

炎巨人《ムスペル》は炎を操る種族だが、足から火を出すのは難しい。

『カルロ』を焼き殺すため、ネブロウはその身体を掴み、持ち上げる。

「カルロというのはおまえか」

「はい」

『カルロ』は白い歯を光らせて応じた。

――なんだ？

違和感が脳裏を横切る。

炎巨人《ムスペル》にいきなり踏みつけられ、捕まえられた者の反応にしては落ち着きすぎている。

微笑すら浮かべていた。

気味の悪さを感じたが、細かいことを気にしている余裕はない。

炎の力を放ち、『カルロ』を捕らえた右手を燃え上がらせる。

「ああーっ！」

『カルロ』は妙に艶っぽい声を上げ、再び身体を痙攣させた。

炎に包まれた掌に、怪しい脈動が伝わる。

断末魔の痙攣かと思ったが、違うようだった。
その脈動は断続的に、そしていつまでも続く。
そもそものところで、燃えていない。
服だけは綺麗に燃えたが、髪も、肌も、炎の影響を全く受けていない。
——どうなっている。
人間は、炎巨人《ムスペル》の炎に耐えられるような種族ではなかったはずだ。
——何故燃えない。
気味の悪い毒虫でも掴んでいるような感覚を覚え、ネブロウは右手の火勢を上げた。
だが『カルロ』が燃え上がることはなかった。
燃えさかる炎の中、陶然とした表情を浮かべ、おかしな痙攣を繰り返している。
炎巨人《ムスペル》の炎に焼かれることを愉しむかのように。
ネブロウは、ようやく悟った。
——違う。
これは、カルロではない。
人間ではない。
もっと別の、もっと奇怪で、異常な何か。
反射的に手に力を込め、握りつぶしにかかる。
その指に、奇怪なものが絡みつく。

ネブロウの掌中、恐らくは『カルロ』の身体のどこからか這い出した、紫色の触手が。

紅蓮の炎に焼かれ、異様な匂いを放ちながらも、触手たちは生命力を失うことなく、いやらしくうごめき続ける。ネブロウの指の一本一本に絡みつき、その手を開かせていく。

『カルロ』の身体がネブロウの手から抜け落ちた。

そして二枚の翼を拡げ、空中に静止する。

姿が変わっている。

銀色の髪の人間の若者から、金色の髪に革の目隠し、裸の上半身にレザーパンツとブーツの怪人に。

「……なんだ、貴様は」

「アスガル魔騎士団、七黒集第四席『姦淫』のD《ディー》と申します」

優雅な調子でそう告げて、怪人は裸の胸に手を当てた。

「……罠か」

七黒集の一角が、意味もなく人間に偽装していたはずもない。

ネブロウが潜体手術の妨害に動くことを予測し、準備万端で待ち受けていたと見るべきだろう。

「はい」

『姦淫』のD《ディー》は白い歯を光らせる。

「大まかな背景は掴めていたのですが、明確な物証や証人がなかったもので。罠を張らせていただきました。魔騎士団裁縫係カルロの殺害未遂で拘束させていただきます」

その言葉には応えず、ネブロウは右手を一振りした。

熱風が巻き起こり、怪人を呑み込む。

だがやはり、怪人は無傷で浮いていた。

熱風はそのまま怪人の後方にあるリザードテイルの建物へ迫ったが、忽然と現れた氷の壁に阻まれ、四散した。


「いつまで遊んでいる」

リザードテイルに迫った熱風を氷の壁で受け流したロッソはD《ディー》を睨んでそう告げた。

D《ディー》にその意思があれば、ネブロウ程度はとうに捕縛できている。

そうならないのはD《ディー》の性癖によるものだ。

嗜虐趣味と被虐趣味を筆頭に特殊性癖を大量に抱えており、快楽と苦痛、愛と憎しみ、賞賛と罵声。

その他諸々一切合切の刺激を見境なしに嗜好するという厄介な存在だった。

わざわざネブロウに踏まれ、火に焼かれていたのも必然性があったわけではなく、ただ刺激を求めての奇行に過ぎない。

「それでは、今日のところはここまでといたしましょう」

D《ディー》は掌の上に紫の小箱を浮かべる。

ネブロウは両手を突き出し、業火の塊を放った。

直径五メートルに及ぶ大熱塊。

だが、ルフィオが放つ熱線などに比べれば児戯のようなものである。

D《ディー》の小箱から飛び出した触手群はネブロウの熱塊を無造作に打ち払い、ネブロウの全身をぬるぬると絡め取った。

「口の中にまで触手を入れるな。正視に耐えん」

「大切な証人に舌を噛まれてはいけませんので」

触手まみれのネブロウの巨体を見下ろし、苦情を言うロッソ。

怪人D《ディー》は優雅な口調で応じつつ、意味も無く腰を回した。


炎巨人《ムスペル》の公館長ネブロウがD《ディー》の触手責めに遭っていた頃。

避難を兼ねて病院島に移ったおれは、病棟の空き部屋で潜体服作りを進めていた。

潜体服の主材料である銀月竜の皮はエクルさんのところで処理中だが、ブーツやグローブなどはまだ使い物になる。新しい断熱材として氷霊樹の繊維を使って改良を施し、新しく用意したワックスを使って表面処理をやり直した。

霧氷とランダルに必要な性能を確保できているかを分析してもらって、ブーツとグローブは完成だ。

以前とは違う仕様になったが、ストライダーは「全部任せる」と言ってくれた。

ストライダーの診察室でブーツとグローブを試着してもらうついでに、銀月竜の潜体服の最初の作者であるファーマレイについての話をした。

革問屋のエクルさんから聞いた「仲直りをするつもりはあった」「喧嘩別れのあとも、ファーマレイは銀月竜の皮を探していた」という話をすると、ストライダーは髭を震わせながら「そうか」と呟き、一筋の涙を流した。

それからしばらく黙り込んでいたストライダーは、やがて小さく息をつき、おれを見上げた。

「……ありがとうな。教えてくれて」

「いえ」

ファーマレイとの喧嘩別れと死別については、思うところや、後悔、反省するところがあったんだろう。ストライダーの中の苦いものが、いくらかでも和らいでくれればいい。そんなことを思いながら、グローブに微調整を施し、もう一度試着をしてもらう。

「うまくやらねぇとな、ファーマレイのためにも」

火傷をした右手にグローブをはめ、ストライダーはそうつぶやいた。

その翌日には、エクルさんの革問屋での処理を終えた銀月竜の皮が届けられた。

既に採寸作業と、他の素材の準備は済んでいる。すぐに潜体服の製作に取りかかった。

氷の冷たさが特徴の銀月竜の皮は、加工自体はやりやすい部類で、裁断も縫製もスムーズに進めることができた。

あまり長く作業を続けると手が冷えてしまうのが難点だが、ルフィオがちょこちょこやってきては手を握って温めてくれるので、きつさを感じることはなかった。

裏地はエルロイが調達してくれた大首長羊《グレートアルパカ》の毛織物。そこにロッソと霧氷が調達してくれたダイオウケワタガモの綿と、霧氷が「使えないか」と言ってきた氷霊樹の綿を混合したものを断熱材として縫い込んで、つなぎとロングジャケットを縫い上げる。

最終工程は表面のコーティング処理だ。銀月竜の皮の表面と縫い目、切断面に、八つ目椰子と渓谷鳥喰蜘蛛《キャニオンバードイーター》のワックスを数度に分けて塗り込み、薄い皮膜で覆っていく。

一番時間と忍耐を要するのはこの工程だった。

「まだか」「いつまでかかる」とちょっかいを出しに来るストライダーをなだめたり追い返したりしつつ、自分もはやる気持ちを抑え、手術用の肌着や緊急用の補修材などを用意しながらワックスが馴染むのを待つ。

ワックスの監視役を引き受けてくれた霧氷が「いいだろう」と告げたのは、手術の一日前だった。


そして手術の日。

完成した銀月竜の潜体服の最終チェック、最終調整を行い、ストライダーに身に付けてもらう。

まずは熱に強いビサイド産麻の肌着と靴下。

ちなみにパンツではなく、いわゆるオムツである。潜体手術中に尿意を覚えたらもうどうしようもないので、そういう対応になるのだそうだ。

続いてつなぎとブーツ、グローブを身に付けてもらい、手首や足首などを銀月竜の皮で作ったテープで目張りする。

この目張りのテープが、前回は事故の原因になったらしい。銀月竜の皮の劣化で生じたつなぎの裂け目に貼り付けて患者の体内に入ったところ、凶暴な寄生生物に遭遇、ロングジャケットの右肩部分を破られた。ロングジャケットが破れてもつなぎが無事なら大抵の熱には耐えられる仕様だったのだが、ストライダーが自分で貼り付けたテープの巻きが甘く、入り込んだ高熱によってストライダーは右腕に大やけどを負い、潜体服もだめになった。

おれにとっては一番恐い作業でもある。

霧氷、それとランダルに付き合ってもらい、入念にチェックをする。

「問題ない」

「オーケーだぜ」

霧氷とランダルに合格をもらったところで、ストライダーにロングジャケットを羽織ってもらう。

あとは潜体中の呼吸を確保するためのヘルメットと圧縮した空気を詰めたタンクなどが必要になるが、そのへんの装備は看護師チームの担当だ。

「いかがでしょうか」

手足を動かすストライダーに確認する。

ネズミの医師はグローブをした手で親指を立て、前歯を見せた。

「上々だ。仕立屋《テイラー》。よく間に合わせてくれた」


「潜体手術《オペ》を開始する」

ヘルメットをかぶり、空気タンクを背負ったネズミの医師ストライダーは狐獣人の看護師の手の上で告げた。

狐獣人の看護師は手術台に横たえられたシルグナル王女の口元にたたずんでいる。

死神《グリムリーパー》サヴォーカの封冥陣は、既に解除されている。

仮死状態は解け、体内温度、体表温度が急上昇を始めていた。

「開口！」

耐熱用の手袋をはめたミノタウロスの看護師たちがシルグナル王女の口に金属の開口器具を引っかけて開く。

「患部温度、現在一〇〇〇度」

狐獣人の看護師が静かに告げる。

「メスを」

「はい」

狐獣人の看護師が取り上げた長刀風《グレイブ》のメスを受け取り、肩に担いだ。

「おっぱじめるか」

空気タンクのバルブを開く。

「ようし、降ろせーっ！」

シルグナル王女の口元近くに伸ばされた看護師の手から、ストライダーは患者の体内へと飛びこんだ。

口内の温度は約八〇〇度。

生身なら既に大やけどをしている温度だが、新しい潜体服に変化はない。

それどころか。

——涼しいくらいだぜ。

銀月竜の皮、それと新たに組み込まれた氷霊樹の繊維は断熱性が高いだけでなく、それ自体が冷気を帯びている。その効果によるものだが、それにしても強烈な性能だ。

以前の潜体服なら、この時点で熱気を感じ始めていただろう。

——氷霊樹ってやつのおかげかね。

ヘルメットに組み込まれた照明を点灯、咽頭部を乗り越え、食道を通過、胃袋の中へと駆け込んだ。

——ひでぇな。

患者の腹部の温度は一〇〇〇度。

あちこちがひび割れ、赤熱し、火を噴いている。

ストライダーは視線を上げた。

――あれだな。

胃壁の内側、鳩尾の裏側あたりに、ミミズ腫れで描かれた図形と呪術文字《ルーン》からなる呪印が浮かび上がっている。

胃袋の中とは言え、身長十五メートルの炎巨人《ムスペル》の腹の中。身長二十センチのストライダーにとっては結構な高度だ。

腰のパックの中から小型の吸盤を出し、手足に付ける。乾燥した胃壁を這い上るのに向いた道具とはいえないが、身の軽さと体重の軽さを生かし、どうにか呪印の近くに取りついた。

――この角度で切除は無理だな。

通信装置を入れ、外部の看護師に指示を出す。

「患部にとりついた。三、二、一で反転します』

『わかりました。三、二、一で反転します』

狐獣人の看護師がそう応答する。

『三、二、一、反転』

景色は変わらず、重力の向きだけ逆になる。

胃の中のアーチが平らになって、ひび割れた胃壁のあちこちから火が噴いた。

患者の負担を考えると、あまり長く続けたい体勢ではない。

――はじめるか。

ひび割れ、乾燥し、火を出している胃袋の中で、そこだけ妙にぬめっている呪印を見下ろし、ストライダーはメスを構える。

その瞬間。

ストライダーの身体を火球が呑み込んだ。

——なんだ？

シルグナル王女の発火に巻き込まれたわけではないようだ。

衝撃を伴った、爆発力を持った火球だった。

生物の体内で偶発的に発生するようなものではないだろう。

——どうなってる。

目を瞬かせたストライダーの目に、妙なものが映った。

青白い光を纏って宙に浮かぶ、四つの呪術文字《ルーン》。

呪印を構成していた呪術文字《ルーン》の一部が患者の胃壁から剥離し、空中に浮き上がっていた。

一文字の大きさはストライダーと同じくらい、ストライダーを取り囲むような格好で浮かび上がり、
四つの火球を撃ち放って来たようだ。

だが、ストライダーは無傷だった。

身に纏った潜体服も、ヘルメットや空気タンクなども、焦げ跡ひとつない。

呪術文字《ルーン》たちは再び火球を放つ。

しかし、ネズミの医師は倒れない。

潜体服も、長いメスも、もとのままにそこに立っていた。

「たいしたもんだぜ、こりゃあ」

潜体服の手元を見遣り、ストライダーは呟いた。

銀月竜の潜体服は、その表面から白い冷気を放ち、オーラのように全身を覆っていた。

銀月竜の皮が、生きた銀月竜の皮膚と同じように機能しているようだ。

以前の潜体服では、起きたことのない現象だ。

医師としての知識では理解できない現象だが、銀月竜の潜体服という衣装そのものが自身に与えられた役割を理解し、それを果たすため機能しているように感じられた。

新調されていないヘルメットや空気タンクなどがダメージを受けていないのも、冷気のオーラの作用のようだ。

「……なるほどな」

魔騎士団が大騒ぎで囲い込んだのも納得できた。

こんなものを生み出してしまう存在を、野放しにしておけるはずがない。

「まぁ、それはそれとして」

前方に目を向ける。

「手術よけの呪術文字《ルーン》ってとこか……くだらねぇ」

呪術文字《ルーン》どもが、再び炎を放つ。

「あきらめな」

ストライダーは、炎の中でメスを構える。

「この服は、命を救うために生まれたモンだ。命を奪うための文字なんぞに、どうこうできるもんじゃねぇんだよ」

ネズミの医師は足を踏み出す。

長柄のメスの一閃が、呪術文字《ルーン》のひとつを切り捨てた。


「体内温度一二〇〇。上がってきてやがるな。持ってくれよ」

ガラスの向こうの手術室を眺めながら、ランダルが呟いた。

冷却要員として手術室側にいるロッソと霧氷が、特別に許可を取って連れてきた氷鳥、氷獣たちとともに冷気を放ち、シルグナル王女の体を冷却していく。

タバール大陸を滅ぼしかけた氷獣たちが、命を救うために手を貸してくれている。

感慨深く思うべき場面なのかも知れないが、さすがに今はそれどころじゃない。

ひたすらハラハラしながら見守り続けるほかなかった。

少女の姿のルフィオが、おれの手を強く握っていた。

ストライダーのメスが、四つ目の呪術文字《ルーン》を切り捨てた。

――一二〇〇度。安定しちゃいるな。

健康的な体温とは到底言えないが、この体内温度であれば熱衝撃波を撒き散らすこともないだろう。

あとは、胃壁の呪印を切除するだけだ。

呪印に向き直ろうとすると、今度は呪印そのものが動き始めた。

植物が地面から剥がれるような音を立てて胃壁から剥離し、空中に浮かび上がる。

その真ん中に眼球のようなものが生じて、ストライダーを見下ろした。

「医学的じゃねぇ構造しやがって」

舌打ちをしつつ、ストライダーはメスを構えた。

眼球が熱線を放つ。

「うおおおおっ！」

女炎巨人《ムスペル》の体内に、ネズミの医師の咆哮が響いた。

シルグナル王女の身体が、びくんと大きく震えた。

「……どうなった？」

おれの手を握って黙っていたルフィオが、小さく呟く。

「わからねぇ、温度は下がり始めたみてぇだが」

ランダルは自信なさげにそう呟いた。

温度が下がり始める理由は二つ考えられる。呪印を上手く切除できた場合か、シルグナル王女自身の生命活動が低下、あるいは停止した場合だ。

手術室の中の看護師たちの様子も、慌ただしさを増す。

やがて。

シルグナル王女の口元から、妙なものが突き出した。

赤い糸のようなものがからみついた、小さな眼球のようなもの。

いや、小さくない。

数字で言うと直径二〇センチくらいはありそうだ。

シルグナル王女のサイズの関係で、どうも感覚が狂ってしまう。

瞳の辺りを銀色のメスでぐっさりと刺し貫かれていた。

少し遅れて、メスの持ち主であるストライダーが這い上がって来る。

待っていた狐獣人の看護婦の手に乗ったあと、おれたちのほうを振り向いたネズミの医師は腕を上げ、ぐっと親指を上げて見せた。


ヘルメットを取ったストライダーが話してくれたところによると、シルグナル王女の腹の中の呪印がストライダーの潜体に反応して動き出し、シルグナルの王女の身体を剥がれて攻撃をしてきたらしい。

それ自体は問題なく無力化できたが、呪印そのものが力ずくで剥離をしてしまったので、シルグナル王女の胃壁に傷が残ってしまった。その処置をしていたため戻りが遅くなったらしい。

呪印さえ除去してしまえばあとはどうとでもなるというか、ルフィオというインチキ生物がいる。

あちこち焼けただれて、炭化をしていたシルグナル王女の身体はルフィオの治癒の力で少しずつ回復してゆき、数日で意識も戻った。

先に捕縛された炎巨人《ムスペルヘイム》自治区公館長ネブロウが自供した通り、炎巨人《ムスペルヘイム》自治区公館を通じて母親の遺品の鏡を届けられ、その日の晩、灰色の霧のようなものに襲われたらしい。

シルグナル王女の爆発の影響を運良く逃れた鏡には細工が施された様子はなかった。箱のほうにシルグナル王女を襲った灰色の霧、恐らくは霧巨人《ニヴル》の断片が潜んでいたのだろうと言うのがアルビスたちの見解だった。

なんで公館を通すなんて足がつきそうな真似をと思ったが、霧巨人《ニヴル》の断片というのは最低でも八立方メートル程度の容器に入れておかないとすぐに乾燥し、死んでしまうのだそうだ。

冥層の菌類と悪霊が結合した存在のため、乾燥に弱いらしい。

八立方メートルの容器となると炎巨人《ムスペル》の感覚でも目立つ大きさだ。そんな不審物をシルグナル王女のところに持ち込むには、公館という権威を使うしかなかったようだ。「殺ってしまえば発覚することもない」という、荒っぽい判断をしたらしい。

シルグナル王女を襲った霧巨人《ニヴル》の断片は、シルグナル王女に呪印を植え付けたところで分解し、消滅したものと思われる。

公館長のネブロウは王妃ジグラのいいなりに動いており、シルグナル王女に届けた箱の詳細は把握していなかった。王妃ジグラの背後に霧巨人《ニヴル》がいる可能性についても、わかっていなかったようだ。

あとの問題は王妃ジグラ、そしてジグラの背後に居るであろう霧巨人《ニヴル》。

炎巨人自治区《ムスペルヘイム》に自治権があるとは言え、魔王国が保護下に置いているシルグナル王女の殺害を企てたとなると、さすがに大問題だ。

アルビスは魔王として炎巨人自治区《ムスペルヘイム》に乗り込み、炎巨人《ムスペル》王ズスルトに王妃ジグラの引き渡しを命じた。

ズスルトに取っては寝耳に水の話だったらしい。ズスルトはパニックになりながらも愛妃ジグラから事情を聞こうとした。

だがその時には、王妃ジグラの姿は炎巨人自治区《ムスペルヘイム》から消えていた。


炎巨人自治区《ムスペルヘイム》を逃げ出した王妃ジグラは大洋を渡り、西方のタバール大陸に身を潜めていた。

氷の森によって滅び、そして氷の森の滅びによって再び姿を現した廃都。

その王城近くにたたずんで、ジグラは荒野を見渡した。

——ここならば、アスガルの手が回ることはないでしょう。

当分は、ここでほとぼりが冷めるのを待つほかないだろう。

ちょうど良いところに、ちょうど良い空白地ができたものだ。

人間が来ることも、当面はあるまい。

じっと時を待つにはちょうど良い土地だ。

だが、

「見つけた」

空から、そんな声がした。

視線を上げると、黄金の大狼、そして巨大な黒一角馬にまたがった炎巨人《ムスペル》の王女シルグナルの姿があった。

それに加えて、黒衣の少女の魔物、羊に似た小さな魔物の群。

黄金の大狼、震天狼《バスターウルフ》の背中には、人間らしき人影が乗っていた。

◎

「マジか」

ジグラ王妃らしき女巨人の姿をルフィオの背中から見下ろして、おれはそう呟いた。

炎巨人自治区《ムスペルヘイム》から姿を消したジグラ王妃の匂いを追ったルフィオはどういうわけか大洋を越え、タバール大陸まで飛んでいった。

シルグナル王女が持ち出したズスルトの黒一角馬を除けば、炎巨人《ムスペル》には大陸間移動をするような手段はないという話だ。

何か思い違いをしているのではないかと思ったが、普通に当たりだったようだ。

炎巨人《ムスペル》単独での大陸間移動は無理だろう、という点についてはシルグナル王女もおれと同じ見解だ。

難しい顔で「如何にして斯様《かよう》な場所まで」と呟いていた。

「炎巨人《ムスペル》じゃない。霧巨人《ニヴル》」

ルフィオが短く告げた。

「霧巨人《ニヴル》そのものってことか」

霧巨人《ニヴル》がジグラと言う炎巨人《ムスペル》を操ってたんじゃなくて、霧巨人《ニヴル》がジグラという炎巨人《ムスペル》を装い、炎巨人自治区《ムスペルヘイム》に潜り込んでいたってことらしい。

霧巨人《ニヴル》だったら大陸間移動ができるのかどうかは聞いてないが、多分できるんだろう。

「俄《にわか》には信じがたい話じゃが」

うなるようにそう呟きつつ、シルグナル王女は腰に差していた大太刀に手を掛けた。

それを馬上から、虚空を斬るように一閃した。

巨大な三日月型の炎の塊が生じて、地上の女巨人を袈裟懸けに両断する。

「なるほど」

シルグナル王女が呟く。

いきなり炎の斬月を飛ばすってのは確認法としてどうかと思うが、おかげでおれにも理解できた。

両断された女巨人ジグラは、そのままの体勢でそこに立っていた。

煙を切りつけたみたいスパッと切れたんだが、すぐに元に戻った。

「確かに霧巨人《ニヴル》のようじゃな。大胆な真似をしおって」

「ええ」

霧巨人《ニヴル》ジグラは口が裂けるように笑い、シルグナル王女に応じた。

ぞわりとするような、不気味な表情だった。

おれひとりで向き合っていたなら、見ただけで死を覚悟していたかも知れない。

ジグラはすっと空中に浮き上がると、おれたちと同じ高度まで上昇した。

「貴女を破滅させ、炎巨人自治区《ムスペルヘイム》を壊してしまおうと思ったのだけれど、うまくはいかないものね」

「儂は運がいいようでな」

「そのようね」

不気味な笑顔のまま応じたジグラの身体が、急激に膨れ上がっていく。

美しい女巨人の姿が崩れ、体高数百メートルにも及ぶ、灰色の霧の巨人に変わる。

目も鼻もなくなった丸い顔に、不気味な笑いだけが残っていた。

深い霧が、あたりを埋めていく。

そして霧巨人《ニヴル》はその全身から、ハチやアブ、トンボなどに似た巨大な蟲の群を放つ。

ルフィオとシルグナル王女は熱線と炎の斬月を放ってこれを焼き払い、その後方の霧巨人《ニヴル》そのものも消し飛ばす。

だが、倒せたわけではないようだ。

……うふふ。

霧巨人《ニヴル》の姿は見えなくなったが、ジグラの笑い声だけが、どこかから聞こえてくる。

灰色の霧もまだ濃いままだ。

悪寒を覚えながら、おれはサヴォーカさんに目を向ける。

琥珀の大鎌を手に無言を保っていたサヴォーカさんは、小さくうなずいた。

出番のようだ。

裁縫係のおれがジグラの追捕なんてものに同行しているのは、この瞬間のためだった。

「はじめてくれ」

バロメッツのリーダーにそう告げる。

(了解《ラジャー》！　潜行任務小隊《ダイビングフライト》、作戦開始《ミッションスタート》！)

ヌエー！

おれとルフィオを取り巻くバロメッツのうち七匹が、虚空へと姿を消す。

冥層潜行。

バロメッツや黒綿花などの冥花類の故郷である冥層に潜り込む、あるいは帰還する能力。

冥層というのはどういう空間なのか、正確なところは冥花を扱うサヴォーカさんにもわからないそうだが、霊的なもの、非物質的なものが住まう領域で、人間が冥界、死後の世界などと呼称する場所と同じものらしい。

灰色の霧の向こうから、再び怪蟲たちが襲いかかってくる。

こっち側に残っているバロメッツたちとルフィオ、サヴォーカさん、シルグナル王女がそれを迎え撃ち、灰や塵に変えていくが、霧巨人《ニヴル》の本体の姿はやはり見えない。

「どこにおる？」

シルグナル王女が呟く。

「やっぱり、あっちにもぐってる」

そう答えたルフィオは、「だいじょうぶ？」とおれに訊ねてきた。

「大丈夫だ。あいつらなら、きっと」

ここから先は、冥層に潜っていったあいつら次第。

見た目は毛玉だが、頼りになる連中だ。

今回もなんとかしてくれるはずだ。


七匹のバロメッツからなる特別部隊、潜行任務小隊《ダイビングフライト》は総司令《コマンダー》カルロの住まう物質的空間、物層から霊的空間である冥層へと潜行《ダイブ》した。

冥層にも空はあり、大地がある。雲もあれば草木もある。

ないのは夜と昼、月と星と太陽と色。灰色の空全体が放つ薄ぼんやりとした光が、モノクロの世界を弱く浮かび上がらせていた。

(さて、どこにいる?)

潜行任務小隊《ダイビングフライト》の隊長を任されたコットンワンは慎重に周囲の気配を探る。

潜行任務小隊《ダイビングフライト》が潜行した座標はカルロたちを取り巻いたものと同じ灰色の霧に覆われ、視界が利かない。

(なーんにも見えやしねぇ)

コットンツーがヌェーとぼやく。

(上にあがってみるか)

『問題児ではあるが、どうも何か持っている』枠で小隊メンバーに加わっているコットンイレブンが高度を上げる。

（……いてっ！）

（なんで痛いんだよ上がって行って……）

何故か悲鳴を上げたコットンイレブンにコットンスリーがツッコミを入れる。

（いや待て）

コットンワンははっとした。

上下感覚を失って地面に突っ込んだのでなければ、空中に上がって行こうとしたコットンイレブンがぶつかりそうなものといえば、ひとつしかない。

（何にぶつかった、コットンイレブン）

（わからねぇ、そんなに硬くはねぇと思う）

（そいつに向かって誘導綿《スピットファイア》をぶち込め。そいつが標的《ターゲット》だ！）

潜行任務小隊《ダイビングフライト》に与えられた任務は、冥層潜行をした霧巨人《ニヴル》の心臓《コア》の捜索である。

霧巨人《ニヴル》は炎巨人《ムスペル》の宗教結社が呼び出した古巨人王《ユミル》の霊魂の断片に冥層の菌類が結びついて生まれた。

断片に過ぎない古巨人王《ユミル》の霊魂はさしたる力を持つものではなく、それに結びついた冥層の菌類も、冥層においては、そこまで強大な力を持ちうるものではなかったが、厄介な性質を二つ持っていた。

一つは、物層の水分に触れることで急激に成長し、大きな魔力を得るという性質。

霧巨人《ニヴル》が炎巨人自治区《ムスペルヘイム》を霧で覆ったのは、この特性によるものである。

霧巨人《ニヴル》が冥層でなく、物層での活動を好むのもこのためだ。

そしてもう一つは、冥層潜行。

冥花やバロメッツたちと同じく、物層と冥層を行き来する能力を備えていた。

先の戦いでルフィオが霧巨人《ニヴル》をし損じたのもこのためだ。

震天狼《バスターウルフ》の力が強大でも、冥層までは届かない。

霧巨人《ニヴル》の中枢である心臓《コア》を壊せなかった。

（了解《ラジャー》。喰らいやがれっ！）

コットンイレブンが誘導綿《スピットファイア》を撃ち放つ。

最初の一発は外したが、三発目が直撃した。

人型種の心臓に似た巨大な粘菌の塊が、その輪郭を現す。

ヌエー！

（いやがった！）

コットンツーが高くいななく。

（仕掛けるぞ、つづけっ！）

ヌエーッ！

鋭く鳴いたコットンワンを先頭に、バロメッツたちは加速を開始した。

敵の存在を感知したようだ。霧巨人《ニヴル》の心臓《コア》は表皮から怪蟲を次々と這い出させ、バロメッツたちを迎え撃つ。

（まともに相手はしなくていい、フォーメーションが最優先だ）

（あいよ）

（急げ！）

怪蟲たちをかわし、排除しつつ、バロメッツたちは配置についていく。案の定最後になったコットンイレブンも配置について、霧巨人《ニヴル》の心臓《コア》を丸く取り囲む。

（今だ！　全騎物層に浮上しろ！）

霧巨人《ニヴル》の心臓《コア》が放った怪蟲たちの攻撃を冥層から浮上することでかわし、バロメッツたちは物層へ舞い戻る。

あとは、合図を送るだけでいい。

コットンワンは黒い毛綿を身体から切り離し、狼煙代わりに爆発させた。

ヌエー！

（潜行任務小隊《ダイビングフライト》、作戦成功《ミッションコンプリート》）

肩の上のリーダーの声と同時に、霧の中に小さな爆発が見えた。

霧巨人《ニヴル》の心臓《コア》の所在を特定できたらしい。

「サヴォーカさん」

「心得ているであります」

おれの呼びかけにそう応じて、サヴォーカさんは加速する。

リーダーがヌエーと叫ぶ。

（散開《オープン》！）

さっと散らばったバロメッツたちと入れ替わりに、サヴォーカさんは爆発の座標へと飛び込み、琥珀の大鎌を一閃した。

虚空が切り裂かれ、冥層へつながる空間の裂け目が口を開ける。

その向こうに、巨人の心臓のようなものが浮いていた。

霧巨人《ニヴル》の心臓《コア》。

「ルフィオ！」

「まかせて」

震天狼《バスターウルフ》は黄金の毛皮を淡く輝かせる。

「にがさない」

ルフィオは大きく息を吸い込み、閃光を解き放つ。

強すぎる光で視界が真っ白になる。

何も見えなくなったが、どうなったかは、だいたいわかった。

熱線が届きさえすれば霧巨人《ニヴル》はルフィオの敵じゃない。

くらんだ目が元にもどった時には、霧巨人《ニヴル》の心臓《コア》も、灰色の霧も、跡形もなく消え去っていた。

霧巨人《ニヴル》と炎巨人自治区《ムスペルヘイム》を巡る事件は、そんな形で落着を見た。

霧巨人《ニヴル》が化けたジグラに見事に魅入られ、操られていた炎巨人《ムスペル》王ズスルトは、さすがにダメの度が過ぎるということで隠居に追い込まれた。濡れ衣が晴れたシルグナル王女だが、本人が「政治には関わりとうない」ということで、今もビサイドの魔王国図書館で司書の仕事を続けている。

ルフィオの散歩などで顔を合わせると、「式はいつになる?」などと変ないじられ方をする。ルフィオの同居人として認めてもらったということだろうが、どうにも対応しにくい存在になっている。

ネズミの医師ストライダーは、引き続き病院島で元気に働いている。

シルグナル王女の手術に使った銀月竜の潜体服は引き続き活躍中だ。

ストライダーの話によると、銀月竜の潜体服はシルグナル王女の中で、冷気のオーラを出したそうである。嘘だとは思わないが、そんな仕掛けはしていない。銀月竜の皮に知られざる未知の力があるのかも知れないと思ったが、上手い確認方法を見つけられず、現状原因不明のままである。

ストライダーは気にしていないようだが、手術に使う衣装が原因不明の挙動をするというのは好ましいことではないだろう。ムーサさんとも相談し、予備の名目でもう一着作らせてもらうことにした。

「一着もいらねぇよ」と言ったストライダーだが、前の職人であるファーマレイとの喧嘩別れの反省もあるのだろう、結局はわりと素直に提案を受けてくれた。

結果、二着目も冷気が出たそうである。

着用者であるストライダーや、患者の身体を傷つけるような冷気の出方ではないようなので、もうサヴォーカさんが用意してくれた皮がそういうものだったのだと納得することにした。

「皮にまでモテ始めやがった」と言ったのはランダルだが、サヴォーカさんやムーサさんあたりも納得していいて少し恐い。

意味がわからない。

そうして、おれとルフィオはそれまで通りの暮らしに戻った。

具体的に言うと、寝て起きるとルフィオが裸で寝床に潜り込んでいる生活。

困っているつもりでいたが、実際のところはもう慣れて、すぐ側にルフィオが眠っていることが当たり前に、そして心地よくなっていたようだ。

シルグナル王女に付き添っている間、ルフィオがリザードテイルを離れていたことで、そのことに気付かされた。

身体に絡みついていたルフィオの腕から離れ、身を起こす。

ベッドの揺れに気付いたルフィオはぱちりと目を開け、尻尾を振った。

「おはよう、カルロ」

いつものようにくっついてくるフィオの頬を軽く撫で、いつものようにこう告げる。

「おはよう、服着ろ」

《特別収録／巨人の呪いとネズミの執刀医・了》

あとがき

ヌエー（帰ってきたぜ）

ヌエーイ（また会えたな）

と、いうことで『魔物の国と裁縫使い』の第二巻をお届けいたします。

『魔物の国と裁縫使い』の第一巻が刊行されたのは二〇二〇年四月一五日。緊急事態宣言、大型店の営業自粛などの難しい情勢下での出発となりましたが、まずは氷の森のお話を書籍でやりきれたことに一安心しています。

第一巻を応援していただいた読者の皆様、素敵な表紙イラストや挿絵を描いてくださった狐ノ沢先生。新刊の時期が終わってもキャンペーンなどの施策を続けてくださった一二三書房の皆様に、深く御礼申し上げます。

今回の第二巻は前半七万字が氷の森との決戦。後半六万字が書き下ろしのビサイドでの冒険という構成になっています。

ルフィオの友人でもある炎巨人《ムスペル》の王女シルグナルを救うため、ネズミの名医ストライダーの要請を受けたカルロが手術用の衣装を作るお話です。書籍版で加わったキャラクターたちを交えた新しい冒険をお楽しみいただければ幸いです。

一巻のカバーで少し触れているのですが『魔物の国と裁縫使い』は私にとって三度目の商業出版となり、二巻を刊行できたのは今回が初めてとなります。作品ごとに名義が変わっていたので、同一名義で二冊の本が出るのもこの作品が初めてです。
最初の本はペンネームを考えるのが面倒で本名で出してしまっていて、次の本は商業で出すことを想定していなかったネット用の名前を変更し忘れるという色々間の抜けた経緯から名義が安定していなかったのですが、これを機会に名義を安定させることができればな、と思っております。

ヌエ（『今際の極み』で安定させるのもどうかと思うが）

第三巻が出るかどうかはこの第二巻の売れ行きや評判次第となりますが、少なくともあと何年かはこの名前で創作活動を続けようと考えておりますので、どこかでこの名前を目にする機会がありましたら、ちょっと手を伸ばしたり、タップなりクリックなりしていただけば嬉しいです。
それでは、今回はこのあたりで。

ヌエー（じゃあまたな）
ヌウェイ（達者でな）
ヌエーヌエー（グッドラック）

今際之キワミ＆バロメッツ

スカーレッドG
Illust いの
ルイ16世に転生してしまった俺はフランス革命を全力で阻止してアントワネットと末永くお幸せに暮らしたい
俺はアントワネットを絶対に守る!!
第8回ネット小説大賞 受賞作品
©G Scarred

魔物の国と裁縫使い 2
～凍える国の裁縫師、伝説の狼に懐かれる～

発 行
2020年10月15日 初版第一刷発行

著 者
今際之キワミ

発行人
長谷川 洋

発行・発売
株式会社一二三書房
〒101-0003 東京都千代田区一ツ橋 2-4-3 光文恒産ビル
03-3265-1881

デザイン
okubo

印 刷
中央精版印刷株式会社

作品の感想、ファンレターをお待ちしております。

〒101-0003 東京都千代田区一ツ橋 2-4-3 光文恒産ビル
株式会社一二三書房
今際之キワミ 先生／狐ノ沢 先生

Printed in japan, ISBN 978-4-89199-666-6

※本書は小説投稿サイト「小説家になろう」（http://syosetu.com/）に
掲載された作品を加筆修正し書籍化したものです。